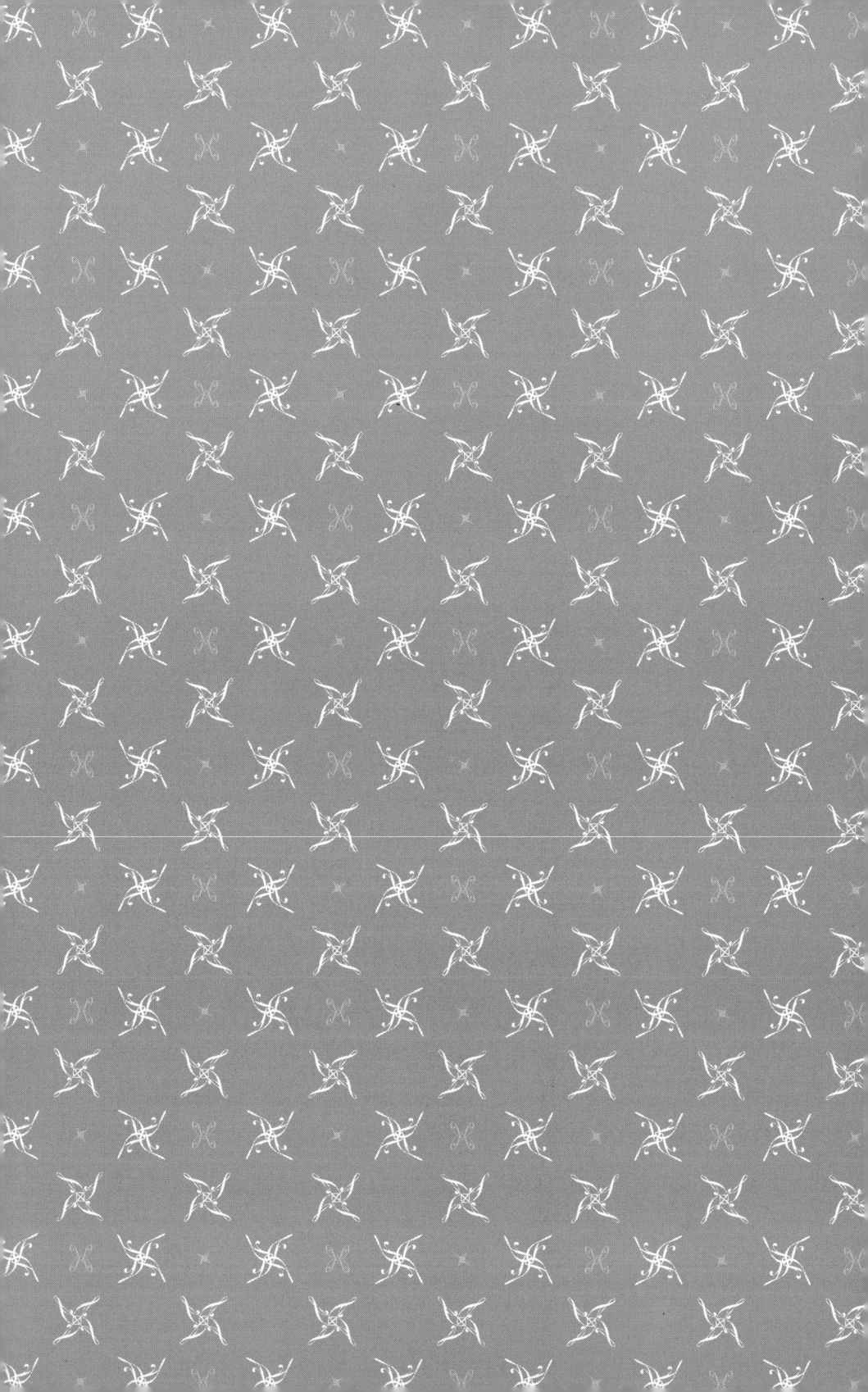

서울의 황혼

서울의 황혼

김성종
장편추리소설

서울의 황혼

김성종 장편추리소설

차례

크리스마스 이브 ···································· 7
여배우 오애라(吳愛羅) ···························· 17
스카이라운지 ·· 28
낙화(洛花) ·· 38
두 번째 여인(女人) ································ 48
오미라(吳美羅) ······································ 59
나의 고백(告白) ···································· 69
어떤 음모(陰謀) ···································· 80
동행자(同行者) ······································ 90
사랑의 길 ·· 100
디자이너 홍(洪) ···································· 111
독(獨) 거미 ·· 121
망각의 저편 ·· 131
비밀 요정의 김 마담 ···························· 141
연행(連行) ·· 151
기자 민영기 ·· 161
황제(皇帝) 나이트클럽 ·························· 171
홍콩의 사나이 ···································· 181
국제 스튜디오 ···································· 191
나체의 여인들 ···································· 201
광란의 현장 ·· 211
추적의 밤 ·· 221
암야행(暗夜行) ···································· 230
밀항 조직 ·· 241
이상한 별장(別莊) ································ 252
달빛과 파도소리 ·································· 262
부랑(浮浪)의 무리들 ···························· 273
바람과 비 ·· 284

크리스마스 이브

어둠과 함께 눈이 내리고 있었다. 함박눈이었다.
거리는 사람들로 홍수를 이루고 있었다. 거리로 쏟아져 나온 사람들은 성탄 전야를 철저히 즐기려는 지극히 즉물적인 욕구에 사로잡혀 하나같이 번화가 쪽으로 돌진하고 있었다.
이동표(李東杓)는 건널목에 서서 맞은편 인도 위로 흘러가고 있는 사람의 물결을 잠시 멀거니 바라보았다. 함께 휩쓸릴까, 가는 데까지 가 볼까, 아니면 일찌감치 집에 돌아가 누워 버릴까.
그는 허공을 바라보았다. 이미 도시의 하늘은 어둠에 잠겨 있었다. 어둠 속에서 떨어지는, 솜처럼 부드러운 눈송이들을 보자 그는 문득 자신이 처량하게 여겨졌다.

그것은 고독을 운명처럼 받아들이며 살아가고 있는 사람이라면 누구나가 흔히 느낄 수 있는 그런 감정이었다. 고독에 대해서라면 그는 누구보다도 자신이 있었다. 사실 그가 자신 할 수 있는 것이 있다면 오직 그것 하나뿐이라고도 할 수 있었다. 고독에 저릴 대로 저린 그는 이제 그것에 아주 익숙해져 있어서 무인도에 혼자 내던져진다 해도 끄떡없이 견뎌낼 자신이 있었다.

그렇지만 오늘 밤은 기분이 좀 달랐다. 크리스마스이브인데다 함박눈이 내리고 있는 것이다. 40세의 사나이가 그런 것에 감정이 흔들린다는 것이 우스운 노릇이지만, 아무튼 그는 감상적인 기분에 젖어들고 있는 자신을 부인하고 싶지가 않았다. 거기에는 그럴만한 이유가 있었다. 그 이유는 하필 크리스마스이브와 얽혀 묘한 기분을 불러일으키고 있었다.

생선처럼 싱싱해 보이는 처녀들이 깔깔대며 그의 곁을 지나쳐갔다. 그 중에 유난히 몸매가 좋아 보이는 처녀가 끼여 있었다. 그는 여자들을 따라 길을 건너갔다.

그 처녀는 청바지에 반코트를 입고 있었는데 하체의 볼륨과 각선미가 다른 두 명보다 훨씬 뛰어나 보였다. 위로 가뿐하게 올라붙은 둥근 엉덩이가 걸음을 옮길 때마다 바지를 찢을 듯이 흔들리는 것을 그는 넋을 잃고 바라보았다. 이런 밤에 저런 아가씨와 데이트할 수 있으면 얼마나 좋을까. 아마 기막히 겠지. 잘 가…….

그는 왼쪽으로 방향을 잡았다. 사람들이 하도 많아 떠밀려 가는 기분이었다.

약속 같은 것도 없었기 때문에 그는 매우 한가로웠다. 쇼윈도를 기웃거리기도 하고 사람들을 쳐다보기도 하면서 그는 느릿느릿 걸어갔다.

그가 처음 들른 곳은 칼국수 집이었다. 거기서 그는 젊은 후배 기자를 만났는데 어느 아가씨와 동행인 그 후배 기자가 큰소리로 당당하게,

"아니, 여기 웬일이십니까."

하고 묻는 바람에 몹시 당황하고 말았다.

수치심으로 얼굴이 붉어진 그는 어벌쩡하게 그 자리를 피한 다음 국수도 먹는 둥 마는 둥 그곳을 얼른 빠져나왔다. 그 후배 기자가 동행한 아가씨에게 지껄일 말을 생각하니 그는 몹시 언짢았다. 후배는 틀림없이 이렇게 지껄일 것이다.

"저 치, 대 선밴데 오늘 목 잘렸지. 교정부에서 헤어 나오지 못하고 평생 교정만 보다가 감원 대상에 오른 거야. 안 됐어. 혼자서 이런데 온 거 보면 애인도 없는 모양이야. 마흔쯤 됐을 텐데 아직 미혼이야."

그는 암울한 표정으로 길 가에 있는 스낵바의 문을 밀고 안으로 들어갔다. 초저녁인데도 안에는 손님들이 가득 들어차

있었다.

"이 친구들은 대공황이 몰려오는 소리도 못 듣고 있나?"

그는 알아들을 수 없는 소리로 중얼거리면서 구석자리에 걸터앉았다.

"네? 뭐라고 하셨어요?"

빨간 티셔츠 차림의 가슴이 아주 큰 여급이 눈웃음치면서 물었다.

"아, 아무것도 아니오. 위스키 한 잔 주시오."

대공황은 이미 시작되고 있었다. 그 자신이 오늘 직접 그것을 목격하고 그 피해자가 된 것이다.

석유 값이 폭등하고 그나마 수입이 절반으로 줄어들자 경제 구조 자체가 뿌리째 흔들리고 있었다. 수출은 중단되고 도산하는 기업이 속출하고 있었다. 조금 여력이 있는 기업은 명맥이라도 유지하기 위해 경영 규모를 최소한으로 줄이고 있었다. 자연 기업마다 감원 선풍이 불고 있었다. 애꿎은 샐러리맨들만 거리로 쫓겨나고 있었다.

신문사라고 해서 온전할 리가 없었다. 창간 30년째인 K일보에서 그는 15년간 하루도 결근하지 않고 묵묵히 일해 왔다. 그것도 취재 한번 못해 보고 교정부 데스크에서 교정만 보면서 지내온 것이다. 사실 청춘을 고스란히 바쳤다 해도 결코 과언이 아니었다. 군소리 하나 없이 15년 동안 교정부에서 일해 온 그를 보고 사람들은 한심하기 짝이 없는 머저리 같은 작자라고 손가락질하기 일쑤였지만 그는 별로 저항감도 느끼지 않은 채 지금까지 일해 온 것이다.

감원 설이 떠돌 때 그는 자신이 그 대상에 끼일 것이라고는 생각지 않았었다. 그런데 뚜껑을 열고 보니 그게 아니었다. 감원 대상에 오른 무능력자 25명 가운데 그 자신도 끼여 있었던 것이다. 감원 통보를 받은 사원들은 길길이 뛰면서 즉각 복직을 위한 투쟁위원회를 조직했다. 그러나 그는 지저분한 꼴을 보이기 싫어 거기에 가담하지 않고 퇴직금을 받아들고 조용히 물러났다. 무력하기 짝이 없는 퇴장이었지만 그렇다고 후회하지는 않았다. 정이 들대로 든 직장이었지만 이제 미련은 없었다. 홀몸인데 어디 간들 밥벌이 하나 못하랴 싶어 뒤돌아보지도 않았다. 동료들이 이별주라도 한 잔 하자는 것도 뿌리친 채 도망치다시피 밖으로 나와 버렸다. 크리스마스 선물 치고는 아주 대단한 것을 받은 셈이었다.

"한 잔 더……"

그는 위스키 잔을 앞으로 내밀며 여급의 가슴을 바라보았다. 브래지어를 착용하지 않았는지 양쪽 젖꼭지가 톡 불거져 나와 있었다.

"왜 혼자 오셨어요?"

그의 시선이 뜨거운 것을 의식했는지 여자가 교태를 보이며 물었다. 그는 잔을 입으로 가져갔다.

"혼자 다니는 게 편하지."

"어머, 고독을 좋아하시는가 봐."

"여자를 더 좋아해."

여자의 젖은 입술이 육감적이라고 생각했다.

그는 항상 여자를 그리워하고 있었다. 단순히 섹스의 대상으로서 여자를 찾고 있었다. 그에게 있어서 여자란 그 이상의 것도 그 이하의 것도 아니었다.

섹스를 처리하고 나면 여자의 역할은 그것을 끝나는 것이었다. 그는 여자로부터 그 이상의 것을 바라지도 않았고, 그 자신 역시 여자에게 그 이상의 것을 주려고 들지도 않았다. 사랑이란 말을 그는 몹시 언짢고 어설픈 것으로 생각하고 있었고, 그런 말을 사용함으로써 그때부터 위선자가 되어야 한다는 사실을 몹시 싫어했다.

적지 않은 수의 여자들이 그를 거쳐 갔지만 한 번도 손을 뻗어 보려고 하지 않았다. 같은 여자와 되풀이해서 섹스를 나눈다는 것이 역겨웠기 때문이다. 언제나 새로운 메뉴로 식사하고 싶은 것처럼 여자도 그때마다 새로워질 필요가 있다는 것이 그의 생각이었다. 그렇다고 자신을 플레이보이로 생각하지도 않았다. 지극히 당연하고 정상적인 생각을 지니고 있는 40세의 사나이로 자부하고 있었다.

자연 결혼이 늦어질 수밖에 없었다. 아니, 결혼 같은 것은 생각지도 않고 있었다. 한 여자와 평생 살을 맞대고 살아야 한다는 사실은 생각만 해도 모골이 송연한 일이 아닐 수 없었다.

결혼 생활을 유지해 가고 있는 거의 모든 사람들이 그의 눈에는 신통하게만 여겨지는 것이었다.

독신자의 고독한 자유— 그는 그것을 사랑하고 있었다.

위스키 석 잔을 비우고 나서 그는 밖으로 나왔다.

거리에는 전쟁이라도 난 듯 더욱 많은 사람들이 들끓고 있었고, 눈은 어느새 폭설로 변해 있었다.

취기가 돌자 그는 기분이 유쾌해졌다. 영화나 한편 보고 나서 집에 돌아가야겠다고 생각하면서 좁은 길로 들어서는데, 사람들이 잔뜩 몰려 서 있는 것이 보였다. 그는 그대로 지나치려 하다가 고개를 꺾어 들여다보았다.

놀랍게도 여자 한 사람이 길바닥 위에 폭삭 엎어져 있었다. 여자는 꼼작도 하지 않고 있었다. 거기에 그렇게 쓰러진지 오래된 듯 여자의 몸 위에는 눈이 하얗게 덮여 있었다.

여자에게는 동행도 없는 것 같았고 사람들은 열심히 구경만 할 뿐 아무도 나서려고 들지를 않았다.

"얼어 죽겠는데……"

"지독하게 마셨나보군."

"하여간 요새 여자들은 남자 뺨친다니까."

"놈씨도 없나?"

모두가 제각기 한 마디씩 지껄이기만 하고 있었다.

"좀 비킵시다."

그는 사람들을 헤치고 안으로 들어섰다. 별로 내키지 않은 일이었지만 그대로 두면 얼어 죽을지도 모른다는 생각에 앞으로 나선 것이다.

여자를 들쳐 업었을 때 그는 술이 확 깨는 것을 느꼈다. 여자는 상상외로 무거웠다. 등에 와 닿는 여체의 감촉이 매우 풍성하게 느껴졌다. 엉덩이와 허벅지 부분에 상당한 탄력이 있었다.

그는 여자를 업은 채 병원을 찾아서 헐레벌떡 뛰다시피 걸어갔다. 행인들이 걸음을 멈추고 그를 쳐다보았지만 상관하지 않고 내처 걸어갔다.

겨우 병원 침대 위에 여자를 내려놓았을 때는 온몸이 땀으로 젖어 있었다.

의사가 눈을 뒤집고 맥을 짚어 보더니 입원 수속을 밟으라고 말했다.

"보호자 되시는가요?"

간호사가 곁눈질로 그를 힐끗 쳐다보고 나서 물었다.

"아닙니다. 길에 쓰러져 있기에……"

"그래요? 그럼 곤란한데요."

"곤란하다니요?"

"치료비는 누가 내죠?"

"그렇군."

그는 적이 낭패했다. 여자에게는 핸드백 같은 것도 없었다. 호주머니를 뒤져보았지만 돈 2천 원과 동전이 몇 개 있을 뿐이었다.

"우선 치료한 다음 나중에 이 아가씨한테 받으면 되지 않을까요?"

"그건 안돼요. 입원하려면 보증금이 있어야 해요."

"그것 참……"

그는 지갑을 꺼내면서 의사를 바라보았다. 의사는 그를 외면한 채 저쪽으로 돌아앉아 담배를 피우고 있었다.

"얼맙니까?"

"오만 원이에요."

그는 퇴직금으로 받은 돈 중에서 5만 원을 꺼내 간호사에게 내주었다.

그러자 비로소 의사가 움직였다. 의사는 여자를 좀 더 진찰하고 나더니,

"약물중독인 것 같습니다."

라고 말했다.

"취한 거 아닙니까?"

"알콜기도 있긴 하지만 취한 것만은 아닙니다."

의사는 환자의 옷을 모두 벗겼다.

벌거벗겨진 여자의 몸은 아름답고 풍만했다. 눈처럼 흰 나체를 보자 동표는 눈앞이 어지러워 왔다.

"좀 도와주시겠습니까?"

그는 의사가 시키는 대로 벌거벗은 여자를 침대 위에 엎어

놓고 머리를 침대 밑으로 숙이게 한 다음 등을 철썩철썩 두드려댔다.

조금 후 여자의 입에서 음식 찌꺼기가 쏟아져 나오기 시작했다. 그와 함께 고약한 냄새가 풍겼다.

"많이도 먹었군."

의사가 중얼거렸다.

"뭘 먹었습니까?"

"수면제를 다량 먹었습니다. 이건 냄새만 맡아도 알 수 있습니다."

동표는 복도로 나와 담배를 피워 물었다. 기분이 말할 수 없이 울적했다. 잘못 걸렸다는 생각이 들었다. 그러면서도 웬일인지 병원을 떠나지 못하고 있었다.

그는 크리스마스이브에 자살을 기도한 여자, 그 여자에 대해 문득 강한 호기심이 이는 것을 느꼈다. 무엇하는 여자일까. 왜, 무슨 이유로 자살하려고 했을까. 이 성탄의 밤에 왜 그녀는 눈 내리는 길바닥에 쓰러져 있었을까.

여배우 오애라(吳愛羅)

　흐느끼는 소리에 그는 눈을 번쩍 떴다. 얼핏 잠이 들었던 모양이다.
　여자가 침대 위에 엎드려 울고 있었다. 어느새 혼수상태에서 깨어난 모양이다. 헝클어진 머리칼과 어깨가 간헐적으로 떨리고 있었다. 울음소리를 죽이려고 몹시 애쓰고 있음이 역력했다.
　그는 멀거니 여자를 바라보고 있다가 담배를 꺼내 거기에 불을 붙였다. 무슨 말인가 해야 한다고 생각했지만 얼른 생각나지 않아 잠자코 담배만 빨아댔다.

여자의 심정을 이해할 수 있을 것도 같았다. 무슨 이유인지는 모르지만, 여자는 몹시 고통을 겪고 있었을 것이다. 그리고 그것을 이기지 못해 마침내 자살을 기도했겠지. 그런데 그것마저 마음대로 되지 않았다. 자신이 죽지 않고 다시 살아난 것을 알았을 때 그녀는 기쁨 대신 비애를 느꼈을 것이다. 여자가 울고 있는 것은 바로 그 때문이다. 그러고 보면 그녀에게 있어서는 목숨을 구해준 내가 오히려 야속하고 부담스러운 존재로 비칠지도 모른다.

그는 그 때까지 자신이 거기에 앉아 있었다는 사실에 곤혹스러움을 느끼면서 서둘러 일어났다. 그리고 조용히 문 쪽으로 걸어가 문을 밀었다. 그때 가냘프면서도 다급한 여자의 목소리가 들려왔다.

"가지 마셔요!"

"......"

그는 주춤했다. 문을 연채 머뭇거리고 있는데 다시 그녀가 말했다.

"선생님, 가지 마세요!"

금방이라도 끊어질 것 같은, 죽어가는 목소리였지만 거기에는 뿌리칠 수 없는 어떤 힘이 있었다. 그는 천천히 돌아서서 여자를 바라보았다.

그의 눈에 먼저 비친 것은 눈물이었다. 그녀는 두 눈에 눈물을 가득 담은 채 그를 바라보고 있었다. 아름다운 눈이었다.

그리고 무엇인가 호소하는 듯 한 눈길이었다. 눈물은 이미 뺨 위로 흘러넘치고 있었다. 그렇게 많은 눈물을 그는 일찍이 본 적이 없었다. 어깨 위로 물결치는 헝클어진 흑발이 그녀의 모습을 매우 고혹적으로 만들어 주고 있었다. 그 아름다움에 그는 숨이 막혔다. 그리고 어디선가 본 듯한 얼굴이라는 생각이 들었다. 누굴까. 어디서 봤을까.

길바닥에 쓰러져 있는 것을 업고 왔을 때는 사실 그는 아름다움 같은 것을 느낄 겨를이 없었다. 그녀는 걸레처럼 구겨진 더러운 모습이었다. 그는 혹시 다른 여자가 침대 위에 앉아 있는 것이 아닌가 하고 착각할 정도였다. 여자는 스물 서넛쯤 되어 보였다.

그는 힐끗 벽에 걸려있는 시계를 바라보았다. 10시가 막 지나고 있었다. 그때 여자가 뭐라고 말했는데 그는 미처 알아들을 수가 없었다. 이럴 때는 뭐라고 하나. 쑥스러운데……. 그는 침대 옆으로 다가서서 여자를 내려다보았다. 그리고 미소를 지어보였다.

"좀 어때요?"
"죄송해요. 바쁘실 텐데 이렇게……"
교양미가 있는 말씨였다.
"난 괜찮아요, 푹 쉬어요."
"정말 고마워요. 누구이신지 모르지만…… 간호사한테 다 들었어요."

울음을 삼키느라고 그녀가 고개를 숙였다. 머리칼이 떨리고 있었다.

"그냥 거기 길에 내버려 두시지 않고…… 왜 저를 살려 주셨어요?"

"미안합니다. 술 취한 줄 알고 업고 온 겁니다."

"존함이나 알려 주셔요. 알고 싶어요."

"그런 생각 말고…… 안정을 취하세요."

여자가 머리를 저었다.

"아니에요. 전 이제 아무렇지도 않아요. 존함하고 연락처를 좀 알려 주세요. 부탁이에요."

그는 난감한 표정을 지으면서 창문을 바라보았다. 밖에는 여전히 눈이 내리고 있었다. 창문 저편 어둠 속에 메마른 사나이 하나가 서 있는 것이 보였다. 언제 보아도 쓸쓸한 모습의 사나이였다.

"부탁이에요."

그는 창문에서 눈을 돌렸다.

"나중에…… 기회 있으면 알려 드리죠. 부담을 느끼실 필요는 없습니다."

"부탁이에요. 그냥 가시면 안돼요."

그는 침대에 걸터앉으면서 여자의 손을 가만히 잡아 주었다. 부드럽고 섬세한 느낌을 주는 손이었다.

"무슨 이유인지는 모르지만…… 이왕 이렇게 된 거 굳세게 살도록 하시오. 뭐 어차피 사람은 누구나 다 죽게 마련인 데, 서두를 필요가 없는 거죠."

"잘 알겠어요. 저도 살고 싶어요. 정말…… 살고 싶어요! 그렇지만……"

여자의 입이 벌어졌다. 작은 목소리였지만 그의 귀에는 그것이 절규처럼 들렸다. 여자가 말할 수 없다는 듯 고개를 젓는다. 그 역시 굳이 캐묻지는 않았다. 아마 남자한테 버림을 받았겠지, 하고 그는 생각했다.

"선생님, 존함을 가르쳐 주세요. 전 남한테 신세지고 살지를 못해요. 어떻게든 갚지 않고는 안돼요. 선생님이 저를 위해서 쓰신 돈…… 갚아 드리고 싶어요. 그리고 가능하다면 조그만 선물이라도……"

여자의 눈에서는 더 이상 눈물이 보이지 않았다. 그 대신 암울한 빛이 감돌고 있었다. 그것은 죽음의 눈빛 같았다. 그는 고개를 끄덕였다.

"정 그렇다면……"

알려주고 싶지 않았지만 그는 여자의 요구에 하는 수 없이 이름과 연락처를 적어 주었다.

이제 자신이 거기에 남아 있어야 할 필요가 없을 것 같았다. 그래서 그는 일어섰다.

"다른 생각 하지 말고 여기서 몸조리나 잘 해요. 난 이제 가 봐야 겠소."

"고마왔어요."

여자의 목소리가 떨리고 있었다. 그는 여자의 어깨 위에 한 손을 올려놓았다.

"내가 뭐 도와줄 일이라도 없나요? 댁에 전화를 걸어 드릴까요?"

"아, 아니에요. 괜찮아요."

"자, 그럼……"

그는 여자의 어깨를 가볍게 흔들어 준 다음 병실 밖으로 나갔다.

문을 닫기 전에 돌아보니 여자의 눈에 다시 눈물이 가득 고여 있었다.

밖은 그야말로 폭설이었다.

인도에는 여전히 사람이 넘쳐흐르고 있었고, 차도에는 눈 때문에 차량들이 잔뜩 밀려 있었다.

교통이 마비되기 전에 빨리 집에 돌아가야겠다고 생각하면서 그는 서둘러 걸었다. 그때 그의 시야에 어떤 여자의 얼굴이 하나 들어와 박혔다. 그는 소스라치게 놀라면서 우뚝 멈춰섰다.

그것은 칼라로 된 영화 포스터로 한쪽이 찢겨진 채 바람에 펄럭이고 있었다.

그는 바싹 다가서서 그것을 뚫어지게 들여다보았다. 틀림없는 그 여자였다. 자살 직전에 그가 구해낸 바로 그 여자였다. 그 여자가 슈미즈 바람으로 침대 위에 걸터앉아 담배를 피우고 있었다. 하체의 볼륨을 돋보이게 하기 위해 다리를 포갠 채 앉아 있었다.

그는 자기도 모르게 휘파람을 불었다. 그리고 길게 한숨을 토하며 신음했다. 바로 이 여자였구나! 이건 놀라운 일이다. 어디서 본 듯한 여자라고 생각했었는데, 그것이 바로 들어맞은 셈이었다.

국내 영화를 전혀 보지 않은 그로서는 여배우의 얼굴이나 이름을 뚜렷이 기억하고 있는 것이 하나도 없었다. 다만 신문이나 텔레비전 광고, 포스터를 통해 몇 사람의 얼굴을 더러 보았을 뿐이다. 그러나 그것도 눈여겨 본 것이 아니고 단지 눈요기 정도로 스쳐갔을 뿐이었다. 따라서 그 여자를 얼른 알아보지 못한 것이 이상할 것은 하나도 없었다.

그녀는 영화계에 데뷔한 지 얼마 되지는 않았지만 인기 상승 가도에 있는 여배우였다.

그녀의 이름을 알아보기 위해 그는 포스터에 바싹 눈을 갖다 댔다. 그것은 〈죽음의 미소〉라는 영화 포스터로, 거기에는 주연 여배우의 이름이 뚜렷이 나와 있었다.

주연 여배우 오애라(吳愛羅). ……이것이 그녀의 이름이었다.

집으로 곧장 가려던 그의 발길은 갑자기 엉뚱한 방향으로 향했다. 조금 후 그는 어느 호텔 나이트클럽으로 들어서고 있었다.

클럽 안은 한 마디로 광란의 도가니였다. 음악이 귀청을 찢을 듯 실내를 때리고 있는 가운데 수십 명의 남녀가 뒤엉켜 돌아가고 있었다. 그는 빈자리를 찾아 앉은 다음 술과 함께 여자를 주문했다. 혼자서 술을 마시기에는 너무 청승맞을 것 같았기 때문이다.

"어머, 혼자 오셨어요?"

여자가 테이블로 오자마자 반색하며 물었다. 그는 고개를 끄덕였다.

맥주 두 병을 마시고 났을 때 그는 마음속에 생각하고 있던 것을 물어보았다.

"여배우…… 오애라고 알아?"

홍두깨 같은 질문에 여급이 눈을 동그랗게 떴다.

"왜 그러세요?"

"아니, 글쎄…… 아느냐 말이야?"

"개인적으로 아느냐 그거예요?"

"아니, 그런 게 아니라 그런 여배우 이름을 들어봤느냐 그거야."

"난 또 뭐라구요. 아이, 아저씨두…… 참, 웃겨. 아, 오애라도 모를까 봐요. 유명한 앤데……"

"그렇게 유명 하나?"

"제일 인기 있잖아요. 최고 인기라고요. 얼굴도 이쁘구 몸매도 제일 나아요. 난 그애 나오는 영화는 하나도 빼놓지 않고 다 봤어요."

"그래애?"

그는 잔을 비운 다음 맥주 두 병을 또 시켰다.

"근데 왜 갑자기 그런 걸 물어요?"

"아니, 아무것도 아니야."

"영화배우 오애라를 다 모르다니, 혹시 외국에 살다 오신 거 아니에요?"

"아아니, 그렇지 않아. 영화를 보지 않아서 모를 뿐이지. 그 여자 사생활은 어떤가?"

"어머, 참 이상하다. 별 걸 다 물으시네요?"

"그런가? 그냥 호기심으로 물어본 거야."

"뻔하죠, 뭐."

여자가 입을 삐죽 내밀었다.

"뻔하다니, 무슨 말이지?"

"여배우들 사생활이란거 다 뻔한 거 아니에요? 영화에 얼굴 한번 내밀고 요정 같은 데를 전문적으로 나가는 애가 얼마나 많다구요."

"글쎄, 나도 듣기는 했는데…… 그렇다고 다 그럴라구, 깨끗한 여자도 있지 않을까?"

"오애라라구 별 수 있어요, 뭐."

"그럼 그 여자도 요정에 나간다는 말인가?"

"알게 뭐예요. 술 한 잔 줘요."

그는 여자에게 잔을 내밀었다.

"그밖에 뭐 스캔들 같은 건 없나? 누구하고 연애한다거나 그런 거 말이야."

"없을 리가 있어요."

"그래? 누구하고?"

"차암, 아저씨두…… 그 애 사생활을 제가 어떻게 알겠어요. 아나 모르나 뻔 한 거 아니에요. 그만한 얼굴에 인기 여배우겠다…… 장안의 내로라하는 건달들이 모여들게 뻔 하지 않아요."

"그렇겠군. 아름다운데다 향기가 강한 꽃이니까 벌들이 많이 찾아들겠군."

"내가 애라라두 그러겠어요. 어떻게 한 남자한테 만족하고 지낼 수 있어요? 기왕이면 골라잡으라고, 젊을 때 실컷 연애하다가 나중에 재벌 이세쯤하고 결혼하지 뭐."

여자는 술이 들어가자 신나게 지껄여댔다. 그러나 정확히 근거 있는 이야기는 하나도 없었다.

동표가 그곳을 나와 아파트에 닿았을 때는 25일 새벽 1시가 지나서였다. 그는 13평짜리 아파트에서 혼자 살고 있었는데, 그곳은 혼자 살기에는 안성맞춤이었다. 그가 가진 재산이라고는 오직 그 아파트뿐이었다.

그는 대강 옷을 벗어던진 다음 아랫목에 깔아놓은 이불 밑으로 기어들어갔다.

아랫목은 아주 따뜻했다. 얼었던 몸이 순식간에 녹으면서 피로가 몰려왔다. 그러나 얼른 잠이 오지 않고 의식은 더욱 또렷해지기만 했다. 여배우 오애라의 모습이 머리를 가득 채우고 있었다.

스카이라운지

　　죽음 직전의 인기 여배우 한 사람을 살려 주었다는 사실은 동표에게는 아주 귀중한 에피소드로 가슴 깊이 간직되었다. 처음에는 좋은 뉴스 감이라고 생각한 나머지 신문사에 알릴까 하고도 생각해 보았지만, 그렇게 되면 그 여배우에게 또 다른 상처를 안겨 줄지도 모른다고 판단해서 혼자만 알고 있기로 한 것이다.
　　만일 매스컴이 알게 되면 그녀는 사냥개 같은 기자들에게 뜯길 것이고, 갖가지 추측들이 난무할 것이다. 그들에게는 여배우가 죽든 살든 그런 게 문제가 아니다. 어떻게 쇼킹한 기사를 만들어 독자들의 흥미를 잡아끄느냐 하는 것만이 최대의 관심사인 것이다.

"그런 놈들한테 그녀를 내놓아? 흥, 안 되지."

더구나 K일보에서 쫓겨난 그로서는 뉴스 감을 알려 줄만큼 그렇게 호의적이 될 수가 없었다. 오히려 감정은 악화되어 있는 형편이었다.

눈은 연 이틀째 계속 내리고 있었다.

그는 두문불출하고 집안에 틀어박혀 지냈다. 할 일 없이 집안에서 뒹굴고 있자니 마치 날개 빠진 장닭처럼 갑자기 자신이 초라해 보이고 무력한 늙은이처럼 생각되었다.

그는 창가에 앉아 눈 내리는 광경을 멀거니 바라볼 때가 많았다. 면도도 하지 않아 더욱 덥수룩해진 그는 넋 빠진 사람 같았다.

한 해가 저물어 가고 있는 때에 하는 일 없이 창가에 앉아 눈 내리는 광경을 멀거니 바라보고 있는 초라한 사나이의 모습이란 생각만 해도 고독하고 초라한 것이었다.

며칠을 그렇게 지내는 동안 여배우 오애라의 모습도 그의 뇌리에서 점점 퇴색해 갔다. 그 혼자만이 가슴 깊이 간직해 둔 그 '귀중한 에피소드'도 망각의 늪 속에 가라앉고 있었다.

그럴 즈음 한 통의 전화가 걸려왔다.

12월 31일 아침이었다.

"저 이동표 선생님이신가요?"

조심스럽게 더듬는 듯 한 여자 목소리였다.

"네, 그렇습니다만……"

의아한 생각과 함께 그는 무뚝뚝하게 대답했다.

"저기…… 저…… 저 오애라예요."

그는 꿈속에서 퍼뜩 깨어나는 기분이었다.

"저…… 저…… 저 모르시겠어요?"

여자는 초조하고 가련한 목소리로 물어왔다. 동표는 침을 꿀꺽 삼켰다.

"아, 알고말고요! 어때요? 건강은 어때요?"

"덕분에 괜찮아요. 정말 고마웠어요. 선생님이 아니셨다면 지금쯤 저는……"

목소리가 떨리고 있었다. 그는 무슨 교훈적인 말을 해야 한다고 생각했지만 얼른 생각나지 않아 머뭇거리기만 했다.

"괘, 괜찮다니 다행이군요. 건강해야지요. 건강이 제일입니다. 새해 복 많이 받으십시오."

그 말을 해놓고 그는 얼굴을 붉혔다. 자신이 왜 그렇게 허둥대는지 알 수가 없었다.

"선생님, 정말 고마워요. 그 은혜 평생 잊지 않겠어요."

"워언, 별 말씀을…… 대스타가 되십시오, 대스타가 되려면 갖은 고난을 이겨내야 합니다."

"저에 대해서 아셨군요?"

"네, 길에서 우연히 포스터를 보고 알았죠. '죽음의 미소' 인가 하는 그 영화 포스터 말입니다."

"저, 저는 별 볼 일 없는 배우예요."

"아, 아니에요…… 내가 보기에는 가장 유망한 배우입니다. 두고 보세요. 아마 대스타가 될 겁니다."

"선생님……"

"네?"

"저, 바쁘시겠지만 좀 뵐 수 없을까요?"

"글쎄, 뭐 바쁘지는 않지만 만난다는 게 좀 어색하지 않습니까?"

"선생님, 그렇지만 꼭 한번 뵙고 싶어요. 이대로 인사도 없이 모른 체할 수는 없어요. 선생님 바쁘시면 제가 댁으로 찾아가겠어요."

"아, 아닙니다. 몸도 불편할 텐데 여기까지 오실 필요는 없습니다."

"그럼 다른 데서라도 시간을 좀 내주세요. 부탁이에요."

"글쎄, 그거 뭐……"

그는 우물쭈물하면서 난처한 표정을 지었다. 대중의 스타인 여배우를 만난다는 것이 어쩐지 자신에게는 어울리지 않는 일처럼 생각되었다. 더구나 목숨을 구해줬다는 것으로 해서 인사를 받기 위해 만난다는 것이 여간 쑥스럽지가 않았다. 그러나 상대는 끈질기게 애걸하다시피 조르고 있었다.

"오애라 씨, 사실 나는 인간으로서 할 수 있는 최소한의 선행을 했을 뿐입니다. 그걸 가지고 자리를 따로 마련해서 인사를 받는다는 게 여간 어색하지 않군요. 전화로 이렇게 통화했으니 됐지 않습니까?"

"아, 아니에요! 그럴 수가 없어요……. 그래서는 안 돼요. 선생님은 그렇게 생각하실는지 모르지만 저는 그렇지가 않아요. 저는 꼭 선생님을 만나 뵙고 인사를 드려야 해요. 선생님, 왜 그렇게 저를 피하시나요? 제가 배우라서 그러신가요? 저는 배우이기에 앞서 한낱 평범한 여자에 불과해요. 그런 여자로 알고 만나 주세요, 네?"

더 이상 거절한다는 것은 이쪽의 오만 같았다. 더 버틸 수가 없게 된 그는 마침내 그녀의 요구에 동의했다.

"그렇다면…… 잠깐 만나서 차나 한 잔 합시다. 특별한 인사치레 같은 거, 정말 싫으니까 커피나 한 잔 하면서 이야기나 합시다."

"네, 그래요. 정말 고마워요. 선생님, 시간은 어느 때가 좋겠어요?"

"아무 때고 좋습니다. 난 시간이 남아돌고 있으니까."

"그럼 한 시쯤이면 어떨까요?"

"네, 좋아요."

"장소는?"

"아무데고 좋아요. 조용한 데가 좋겠지요. 연말이라 조용한 데가 없겠지만……"

"N호텔 스카이라운지가 비교적 조용한 편이에요. 거기서 뵈면 어떨까요?"

"네, 좋습니다."

"그럼 이따가 뵙겠습니다."

"그럽시다."

그는 수화기를 철컥 놓았다. 손바닥에 땀이 촉촉이 배어 있었다. 며칠 동안 텅 비어 있던 가슴이 갑자기 무엇으로 꽉 차는 기분이었다. 괜히 마음이 설레면서 가만히 앉아 있을 수가 없었다. 인기 스타와 만난다. 혹시 이러다가 스캔들의 주인공이 되는 게 아닌가. 그는 거울에 비친 자신의 덥수룩한 모습을 들여다보면서 실소했다.

적설 때문에 교통이 혼잡한 것을 고려해서 이동표는 한 시간 전에 집을 나섰다. 며칠 만에 면도도 하고 와이샤쓰도 마음에 드는 깨끗한 것으로 갈아입고 그는 약속 장소로 향했다.

예상했던 대로 눈이 쌓인 데다 연말이라 거리는 혼잡하기 이를 데 없었다. 여느 때 같으면 30분쯤 걸릴 것을 거의 한 시간이나 걸려서야 N호텔에 도착할 수가 있었다.

N호텔은 35층의 위용을 자랑하는 국내 최대의 호텔로 지은 지 1년 밖에 안 된 호텔이었다. 그 호텔 앞에 서면 그 호화롭고 으리으리한 위용에 누구나 한번쯤 어깨가 움츠러들게 마련

이었다.

 그는 평소에 그런 곳에 드나드는 것을 꺼려하는 편이었다. 그런 곳에 한번 출입할 때마다 자신의 초라함이 재확인되는 것만 같아 별로 내키지가 않았던 것이다. 그런 곳에 출입함으로써 소비 대열에서 낙오하지 않고 있다는 자부심을 갖는다면 그것 또한 구역질나는 짓이라고 할 수 있었다.

 그는 회전식 문을 밀고 호텔 안으로 들어가면서 손목시계를 들여다보았다. 1시 5분 전이었다.

 발밑에 밟히는 카펫의 감촉이 부드럽게 느껴졌다. 대리석 기둥과 벽이 샹들리에 불빛을 받아 번들거리고 있었다. 먼저 화장실로 들어가 소변을 본 다음 거울 앞에 서서 옷매무새를 고쳤다. 아무리 보아도 인기 여배우에 어울리는 얼굴은 아니다. 조금 후 그는 엘리베이터를 타고 35층에 자리 잡은 스카이라운지로 올라갔다. 정각 1시였다.

 실내에는 조용한 음악이 흐르고 있었고, 별로 많지 않은 사람들이 소파에 띄엄띄엄 앉아서 나직한 목소리로 담소하고 있었다.

 오애라는 보이지 않았다. 아직 오지 않은 모양이었다.

 그는 전망이 좋은 창가에 앉아서 밖을 내다보았다.

 눈은 그쳐 있었지만 쌓인 눈이 녹지 않은 채 그대로 남아 있었기 때문에 시야는 온통 흰색으로 덮여 있었다.

 차도를 메우고 있는 차량들이 마치 장난감 같았다. 홍수처럼 몰려가는 사람들의 모습은 흡사 개미떼처럼 보였다. 약속 시간 10분이 지났다. 그는 주스를 한 잔 시켰다.

주스가 왔지만 입에 대지도 않고 출입구 쪽을 바라보기만 했다. 인기 스타니까 자가용 정도는 있겠지. 그렇지만 교통 혼잡으로 제 시간에 도착하지 못할 가능성은 얼마든지 있다. 좀 더 기다려 보자.

그는 담배를 뽑아 물고 불을 붙였다. 차츰 지루한 기분이 들기 시작했다. 그것은 이윽고 답답하고 불안한 감정으로 변하기 시작했다.

30분이 지났다. 그는 주스를 벌컥벌컥 들이켰다. 자리를 털고 일어섰다가 도로 주저앉았다. 좀 더 기다려 보자는 생각과 놀림을 당했다는 생각이 서로 엇갈려 머릿속을 휘저어 놓는다. 혹시 교통사고라도 난 게 아닐까. 아무리 생각해도 약속을 어길 입장이 아닌 여자가 약속을 어기고 있는 것이다. 웬일일까. 이쪽에서 만나고자 제의했다면 또 별문제다.

그쪽에서 만나 달라고 애걸하다시피 해놓고는 나타나지 않고 있는 것이다. 세상에 이런 일도 있을 수 있을까. 정신병자가 아닌 다음에야 이런 실례를 범할 수는 없을 것이다. 정말 사고라도 난 게 아닐까.

별별 생각이 다 났지만, 그는 냉큼 일어나지 못하고 그대로 머무적거리며 그녀가 나타나기를 기다렸다.

그러나 여배우 오애라는 한 시간이 다 되도록 모습을 드러내지 않고 있었다.

정각 2시가 되었을 때 이동표는 마침내 자리를 털고 일어섰다. 수모를 당한 것 같은 기분이었다. 애초에 약속을 하지 말았어야 했었다. 누가 비웃는 것만 같아 기분이 여간 언짢지가 않았다.

카운터에서 계산을 치르고 서둘러 출입구 쪽으로 걸어가는데 갑자기 뒤에서,

"앗! 사람이 떨어졌다!"

하는 외침 소리가 들려왔다.

그는 나가다 말고 멈칫했다. 뒤돌아서보니 사람들이 창가로 우르르 몰려가고 있었다. 그도 얼결에 그쪽으로 급히 내려가 보았다.

"여자야, 여자!"

"어디서 떨어졌어?"

"아래층에서 떨어진 것 같아!"

주고받는 다급한 대화에 귀를 기울이면서 그는 창밖을 내려다보았다.

한 지점으로 사람들이 새까맣게 몰려들고 있는 것이 보였다. 차량과 사람들이 뒤엉켜 차도는 뒤죽박죽이었다.

사람들이 몰려 있었기 때문에 떨어진 사람의 모습은 보이지 않았다. 보인다 해도 35층 높이에서는 조그만 인형 정도로 보일 것이다.

그는 서둘러 엘리베이터를 타고 밑으로 내려갔다. 도중에 문득 불길한 예감 같은 것이 전류처럼 머리를 스치고 지나갔다. 혹시 오애라가 떨어진 게 아닐까, 그럴 리가 없다. 그는 머리를 저으며 엘리베이터 밖으로 나와 급히 출입구 쪽으로 걸어갔다.

호텔 앞 차도는 그야말로 수라장을 이루고 있었다. 사람들은 추락한 사람을 보려고 서로 밀고 당기며 벌떼처럼 달려들고 있었다.

그 역시 강한 호기심을 느끼면서 먼발치에서 머뭇거리고 있었다. 추락한 여자의 모습을 한 번 보고 싶었지만 사람들을 뚫고 들어갈 엄두가 나지 않았다. 그때 남녀가 넌더리를 치면서 그의 곁을 지나쳤다.

"자기 분명히 봤어?"

"봤다니까 그래. 분명히 오애라야!"

"어머, 저걸 어째?"

동표는 눈이 뒤집히는 것 같았다.

낙 화(洛花)

여자는 실오라기 하나 걸치지 않은 벌거숭이였는데, 전신이 피투성이였다.

특히 여자의 머리 부분은 정통으로 아스팔트 바닥에 부딪힌 탓인지 얼굴을 알아볼 수 없을 정도로 피에 흥건히 젖어 있었다.

그러나 이동표는 그 여자가 오애라인 것을 분명히 알아 볼수가 있었다. 틀림없이 오애라다! 그의 가슴 속에서는 하나의 부르짖음이 열풍처럼 솟구치고 있었다. 구경꾼들의 대부분도 그녀가 오애라임을 알아보고 있었다.

"몇 층에서 떨어진 거야?"

"20층이야! 20층!"

흥분한 사람들의 대화를 들으며 동표는 고개를 뒤로 잔뜩 젖혀 호텔을 바라보았다.

대략 20층쯤 되는 곳의 창문 하나가 활짝 열려 있는 것이 보였다. 그의 시선은 거기에 딱 고정된 채 움직이지 않았다.

열린 창문 사이로 그린 색 커튼이 바람에 펄럭이고 있었다. 거기서 오애라는 떨어진 것이다. 동표는 전율했다. 소름이 쭉 끼쳐왔다. 1시에 자기와 만나기로 한 여자가 호텔에서 떨어져 죽은 것이다. 그녀의 죽음이 자신과 어떤 관계가 있는 것만 같아 문득 그는 불안을 느꼈다.

그는 다시 여자를 바라보았다. 우윳빛 살결을 뒤덮은 검붉은 피가 시리도록 아픈 자극을 불러일으키고 있었다. 그 육체는 며칠 전인 크리스마스이브에 그가 병원으로 업고 갔던 몸이었다. 그녀는 고개를 모로 돌린 채 땅바닥에 엎어져 있었다. 오른쪽 다리를 구부리고 있어서 엉덩이가 둥글게 솟아 있었다. 허리가 유난히 가늘어서 육체의 볼륨이 한층 선정적으로 드러나 있었다. 움직이지 않고 있는 것으로 보아 아마도 즉사한 것 같았다.

"어머머, 저렇게 살결이 고울 수가 있어."

"배우라 역시 달라. 저, 허리 잘록한 것 좀 봐. 히프 풍만한 거 보라구."

"정말 아까워. 쯔쯔쯧……"

계모임을 하고 나온 것으로 보이는 중년 여인 서너 명이 속삭이고 있는 소리가 귀를 후비고 흘러 들어왔다.

요란스러운 호루라기 소리와 함께 구경꾼들이 흩어지기 시작했다. 여기저기서 경찰 패트롤카가 사이렌을 울리면서 몰려들고 있었다.

"비켜요! 비켜!"

동표도 경찰에게 어깨를 떠밀려 뒤로 밀려났다.

그는 자신이 마치 하나의 환상을 보고 있는 것만 같은 착각이 들었다. 도무지 믿어지지 않는 사태가 눈앞에 벌어지고 있었기 때문이다.

앰뷸런스가 시체를 싣고 떠난 뒤에야 구경꾼들은 흩어지기 시작했다.

동표는 차마 떠날 수가 없어 그대로 호텔 앞 인도 위에서 서성거리고 있었다. 얼어붙은 빙판 위에 검게 얼룩진 핏자국이 자꾸만 눈앞을 어지럽히고 있었다. 사람들의 죽음을 더러 보아왔지만 그렇게 참혹한 죽음을 보기는 처음이었다. 그녀가 자신과 만나기로 약속했던 여자이기 때문에 그런지는 몰라도 그가 받은 충격은 아주 대단한 것이어서 좀처럼 가슴에서 지워질 것 같지가 않았다.

한참이 지나 그는 자석에 끌리듯이 다시 호텔 안으로 들어갔다.

추락 사고로 한 때 혼란에 빠졌던 호텔 안은 다시 평온을 되찾고 있었다.

그는 엘리베이터 앞에서 머뭇거리다가 검정 가죽 잠바 차림의 두 사나이를 따라 안으로 들어갔다.

"연말에 이거 잘못 걸렸는데…… 이러다간 집에도 못 들어가겠어……"

"글쎄, 말이야. 하필이면 오늘 같은 날 사고가 일어날 게 뭐야."

"자살이면 일은 간단한데……"

"벌거벗고 자살하는 여자 봤어?"

"음, 그렇지. 대낮부터 정사하다가 그런 거 아니야?"

"십중팔구 그렇겠지."

"여배우니까, 상대한 남자도 보통은 아니겠지."

"애먹게 됐군."

대화 내용과 옷차림, 그리고 몸짓 등으로 보아 수사관인 듯했다. 비슷하게 생긴 그들은 약속이나 한 듯 입을 다물고 그를 바라보았다. 동표는 시선을 얼른 다른 곳으로 돌려버렸다. 가죽 잠바의 사나이들은 20층에서 내렸다. 사고 현장에 가는 것 같았다. 동표도 머뭇거리며 그들을 따라 밖으로 나왔다.

오애라가 뛰어내린 곳은 2019호실이었다. 19호실 앞에서는 정복 경찰관 두 명이 구경꾼들의 접근을 막으며 삼엄한 경계를 펴고 있었다. 두 사나이는 19호실 안으로 곧 사라졌다.

19호실 부근에 몰려 서 있는 사람들은 거의가 호텔 종업원들과 투숙객들 같았다. 동표는 자연스럽게 그들 사이에 끼어들었다.

"어떻게 된 겁니까?"

그는 나비넥타이를 목에 달고 있는 종업원 곁에 바싹 붙어서 작은 목소리로 물었다. 종업원이 그를 힐끗 쳐다보며 말했다.

"글쎄, 모르겠어요."

"누가 떨어뜨린 건가요?"

"아마…… 그런가 봐요."

"누가요?"

"내가 그걸 어떻게 압니까?"

상대방이 역정을 내는 바람에 동표는 머쓱하고 말았다.

거기 서 있어 봐야 새로운 구경거리가 있을 것 같지 않다고 판단했는지 구경꾼들은 하나 둘씩 흩어졌다.

동표는 마지막으로 거기서 물러났다.

그는 엘리베이터를 타고 스카이라운지로 올라갔다. 그대로는 도저히 집에 돌아갈 수가 없었던 것이다.

스카이라운지로 올라간 그는 조금 전, 2시까지 앉아 있었던 그 자리에 도로 가서 앉았다.

시계를 보니 3시 30분이 막 지나고 있었다. 그동안 1시간 30분이 지난 것이다.

1시간 30분 전에 일어났던 그 참혹한 사건은 이미 과거 속에 묻히고 있었다. 불과 1시간 30분밖에 지나지 않았는데도 말이다. 스카이라운지의 분위기에서 그는 그것을 강하게 느끼지 않을 수 없었다.

　언제 그런 일이 있었느냐는 듯 실내는 아늑하고 조용한 분위기 속에 싸여 있었다. 그 속에서 잘 차려입은 남자와 여자들이 나직한 목소리로 대화를 나누고 있었다. 그곳은 완전한 이방지대였다. 그들에게 있어서 한 여자의 죽음 따위는 이미 멀리 흘러가버린 과거의 일에 지나지 않은 것 같았다.

　도시인의 그 비정함에 분노를 느끼면서 그는 창밖으로 눈을 돌렸다.

　밖에는 어느 새 눈발이 날리고 있었다. 눈이 한 달쯤 계속 내려 이 썩어가는 도시를 뒤덮어 버리면 얼마나 좋을까 하고 그는 생각했다.

　문득 허공에 두개의 까만 점이 반짝이고 있는 것이 보였다. 서글프도록 아름다운 두 눈이었다. 그것은 크리스마스이브에 병원에서 보았던 눈이었다. 그것이 망령처럼 되살아나 자기를 바라보고 있다고 생각하자 그는 가슴이 얼어붙은 것 같았다.

　자살하려고 했던 여자…… 그 여자는 어느 행인의 도움으로 살아났다. 그 여자가 이번에는 남의 손에 의해 죽음을 당한 것이다.

　인기 여배우의 죽음치고는 너무 비극적이고 참혹한 죽음

이었다.

아직 뭐라고 단정할 수는 없지만 수사관들의 말마따나 여자가 나체로 자살할 리는 만무했다. 그렇다면 누군가가 그녀를 살해한 것이다. 창밖으로 무지막지하게 여자를 집어던진 것이다. 왜, 왜 그랬을까?

1시에 스카이라운지에서 자신과 만나기로 약속했던 여자가 20층의 한 방에서 떨어져 죽었다. 왜 그랬을까? 무심한 그도 이번 일에만은 고개를 돌릴 수가 없었다. 어떤 보이지 않는 운명의 줄이 자신을 오애라의 죽음과 연결시켜 빠져나갈 수 없도록 단단히 묶어버린 것 같은 기분이 들었다.

"당신은 저를 구해주셨지요. 하지만 그게 잘못이었어요. 그것이 우리 두 사람에게 끊을 수 없는 인연을 맺게 한 거예요. 선생님, 저의 억울한 죽음을 보상해 주세요. 저는 선생님을 만나러 갔다가 억울한 죽음을 당한 거예요. 저의 원한을 풀어줄 수 있는 사람은 선생님뿐이에요. 선생님, 부탁해요."

그는 머리를 흔들어 환청을 뿌리쳤다.

"기대하지 말아요. 우리는 전혀 남남이란 말이오. 그날 나는 우연히 당신을 구해준 것뿐이오. 그것을 끊을 수 없는 인연이라고 생각하다니. 터무니없는 생각하지 마시오. 당신이 무슨 이유로 그런 죽음을 당했는지, 그건 내가 알바 아니오. 나라는 사람은 도시인의 비정에 오히려 친숙한 사람이니까 원한을 풀어줄 거라는, 그런 기대는 하지 마시오. 나는 일거리를 찾아

거리를 방황해야 할 처지니까, 다른 일에 신경 쓸 여유가 없어요. 취직, 그것이 새해의 나의 포부요."

"아, 너무해요!"

서글프도록 아름다운 두 눈에 눈물이 가득 고이더니, 곧 사라져버린다. 그리고 그 자리에 어둠이 밴다.

창밖은 어느새 어둠이었다. 그는 잔에 반쯤 남은 맥주를 들이켜고 일어섰다.

거리는 사람의 물결로 출렁이고 있었다. 사람들은 한해를 마지막으로 떠나보내는 것이 아쉬운 듯 모두 거리로 쏟아져 나와 도시의 바다 속에서 부초처럼 흘러 다니고 있었다. 동표도 그 속에 끼여 흘러가고 있었다.

불빛에 드러난 그의 얼굴은 더없이 삭막하고 암울해 보였다. 그것은 기름기라곤 조금도 없는 거칠고 메마른 얼굴이었다. 또한 그것은 참고 견디며 묵묵히 봉급생활에 순종해 온 소시민의 겁 많은 얼굴이었고, 고독의 때에 찌들대로 찌든 얼굴이기도 했다.

흩날리던 눈발은 함박눈이 되어 내리고 있었다.

그는 어깨를 웅크리고 발길 닿는 대로 걸어갔다. 그에게 있어서는 그 밤이 왠지 절망적으로 느껴지고 있었다. 이 밤이 지나가면 새해가 온다.

그러나 새해라고 해서 어떤 희망이 사람들에게 기약되어 있는 것은 아니었다. 희망은커녕 캄캄한 어둠이 도사리고 있었다.

 공황이 무엇인가를 아는 사람들은 그래서 다가오는 새해를 불안한 눈으로 바라보고 있었다. 그들은 다가오는 새해가 춥고 배고프고 괴로울 것이라는 것을 잘 알고 있었다. 심각한 일이었다.
 직장에서 쫓겨난 동표는 누구보다도 그 심각함을 피부로 절실히 느끼고 있었다. 거기다가 그는 개인적으로 한 여자의 죽음이 몰고 온 충격에서 벗어나지 못하고 있었다. 그래서 그 밤이 그토록 절망적으로 느껴지고 있는 것인지도 몰랐다.
 "아름다운 그녀는 갔다. 이 해를 불과 몇 시간 남겨두고 갔다. 호텔에서 떨어져 죽은 것이다. 누군가에게 죽임을 당한 것이다. 누가, 어떤 놈이…… 왜, 무슨 이유로 그녀를 죽였을까. 얼마나 잔인무도한 놈이기에 그 아름다운 여자를 창밖으로 내던졌을까."
 그는 끊임없이 혼자서 말하고 있었다. 어디를 어떻게 돌아다녔는지 모르게 그는 잔뜩 취해 있었다. 그는 한 손에 소주병과 오징어를 든 채 한강 다리 위에 서서 강물을 굽어보고 있었다. 강물은 먹빛이었고 그 위로 함박눈이 소리 없이 내리고 있었다. 눈을 뒤집어 쓴 그는 눈사람처럼 허옇게 보였다.
 그는 킬킬거리고 웃다가 술을 꼴칵꼴칵 마셨다.
 "이래서는 안 되지. 새해부터는 술도 담배도 끊고…… 그리고…… 히히…… 색시도 데려와야지. 오애라같이 예쁘게 생긴 여자를 말이야. 히히……"

그는 그것을 꺼내놓고 강물을 향해 오줌을 갈겼다. 그것은 느닷없이 발기해 있었다. 손으로 그것을 측은한 듯 사랑스럽게 어루만졌다.

"이 멋대가리 없는 놈아, 오늘 밤도 짝을 못 찾고 울고 있는 거냐? 불쌍한 놈 같으니!"

어디선가 제야의 종소리가 은은히 들려왔다.

"암흑의 시대여! 만세!"

그는 입속에 소주병을 박았다. 목구멍으로 술이 꿀꺽꿀꺽 넘어갔다. 빈 술병을 강물 위로 힘껏 내던졌다.

마흔을 막 넘어선 41세의 우수가 함박눈 속에 소리 없이 묻히고 있었다.

그는 기다리는 사람이 아무도 없는 집을 향해 헐렁헐렁 걸어갔다.

두 번째 여인(女人)

　그는 황혼 속에 앉아 있었다.
　그는 황혼을 좋아한다. 특히 서울의 황혼을.
　인구 1천만이 들끓는 국제 도시 서울이 내뿜는 악취는 대단하다. 악취에 찌든 거리는 회색빛이다. 그것을 덮어 주는 것이 황혼이다. 만일 서울의 지붕 위에 황혼이 비치지 않는다면 그것은 죽음의 도시나 다름없을 것이다.
　동표는 눈을 가늘게 뜨고 스러지는 황혼 빛을 바라보았다. 그는 더욱 초췌한 모습이었다. 새해가 되었지만 그에게는 희망이 될 만한 것이 하나도 없었다. 마지막 남은 황혼 빛이 스러지자 곧 어둠이 밀려왔다. 고지대에 자리 잡은 서민용 아파트의 맨 위층이라 시가지가 한 눈에 들어오고 있었다.

어둠이 시야를 완전히 가린 뒤에도 그는 움직이지 않고 창가에 앉아 있었다.

어느새 도심은 불빛들로 가득 차 있었다.

그는 어둠 속에 유령처럼 앉아 오애라의 죽음을 생각했다.

그녀가 N호텔 20층에서 떨어져 죽은 지 일주일이 지나고 있었다. 그동안 모든 매스컴이 그녀의 죽음을 대대적으로 보도했다. 그는 그것들을 하나도 빼놓지 않고 경청하고 스크랩해 두었다. 사실 그럴 필요까진 없는 것이었다. 사건을 수사하고 결론을 내려줄 사람은 따로 있었다. 그것은 당연히 경찰의 임무였다. 그런데도 그는 그 사건을 외면하지 못하고 거기에 남다른 관심을 보이고 있었다.

오애라의 죽음은 경찰에 의해 처음에는 살인으로 단정 지어지는 듯 하다가 며칠 뒤에 와서 갑자기 자살로 처리되었다. 놀라운 변화였다. 동표는 경찰의 수사 결과를 자세히 검토해 보았다. 경찰이 그녀의 죽음을 자살로 단정한 이유는 대강 다음과 같았다.

① 오애라가 N호텔 20층 19호실에 투숙한 것은 12월 28일 오전 10시경이었으며, 그때부터 사망하던 12월 31일까지 계속 혼자 투숙하고 있었다. 이 같은 사실은 호텔 측이 밝힌 사

실이며, 오애라는 죽기 전까지 일체 문밖출입을 삼간 채 두문불출하고 있었다고 한다.

② 오애라는 죽기 며칠 전에도 자살을 기도한 적이 있었다. 이 같은 사실은 명동 소재 〈현대의원〉원장 김경호(金京鎬) 씨가 경찰에 통보해 옴으로써 밝혀진 것이다. 김 원장의 진술에 의하면 지난 12월 24일 밤, 길가에 쓰러져 신음 중인 오애라를 어떤 행인이 병원으로 업고와 가까스로 목숨을 건졌다는 것이다. 그때 오애라의 체내에서는 다량의 수면제가 검출되었다고 한다.

③ 최근에 와서 오애라는 우울증세가 심하게 나타나 주위 사람들과도 거의 어울리지 않았으며, 죽고 싶다는 말을 자주 했다고 한다. 또한 공포증도 대단해서 항상 누구에겐가 쫓기는 듯한 표정을 지을 때가 많았다고 한다.

④ 최근에 와서는 영화 촬영 스케줄에 펑크를 자주 내는 바람에 영화감독 위원회로부터 6개월간 영화 출연 정지 처분을 받는 등 인기 유지에 치명상을 입는 사례가 빈번했다.

⑤ 여자가 옷을 벗고 자살할 수 있느냐 하는 문제에 대해 S대 신경정신과 과장 유창우(劉昌宇) 박사와 Y대 심리학과 교수 박명후(朴明厚) 박사는 거의 동일한 견해를 피력하고 있다. 즉, 뛰어난 미모의 여인으로서 자기 현시욕이 강할 경우(대부분의 여배우가 이에 해당함) 주인공은 자기의 욕망을 제재하려는 모든 것에 대해 강한 반발심을 보이게 마련이다. 그 방법

중의 하나가 노출증이다. 자기의 아름다움을 가능한 한 많이 드러내 보임으로써 상대를 공격하고 자기 위안으로 삼는 것이다. 이 증세가 심할 경우 옷을 벗고 나체로 대로를 활보하기도 한다. 따라서 여배우가 나체로 자살하는 것은 얼마든지 있을 수 있는 일이다. 가장 대표적인 예로 미국이 낳은 세계적인 여배우 마릴린 몬로를 들 수 있다. 죽어서까지 자기 육체의 아름다움을 보이고 싶은 것이 여자의 본능인 것이다.

⑥ 검시 결과 오애라는 임신 3개월의 몸이었다. 남자가 누구인지 밝혀지지 않았지만, 그 사실 역시 그녀에게 무거운 중압감으로 작용했을 것이다.

⑦ 이상의 사실들 외에 가장 중요한 사실이 하나 있다. 오애라가 현장에 남긴 유서가 그것이다.

〈사랑하는 어머니, 이 못나고 불효한 딸을 용서해 주세요. 아빠 곁에 먼저 갑니다.〉

이것이 그녀가 남긴 유서 내용이었다. 자살한 사람의 유서치고는 매우 간단한 것으로서, 필적을 감정한 결과 그녀의 것으로 밝혀졌다.

매우 합리적인 내용이라고 그는 생각했다. 자살을 의심할 만한 점은 없는 것 같았다. 그러나 그는 그녀의 자살을 믿을 수가 없었다. 어쩌면 이 세상에서 그 혼자만이 유일하게 그녀의 자살을 믿고 있지 않는지도 몰랐다.

"나는 믿지 않아, 믿을 수가 없어."

그는 일어서서 어두운 방안을 왔다 갔다 했다. 혼자 살다보니 그에게는 자기도 모르는 사이에 혼자서 중얼거리는 버릇이 생겼다.

"한 시에 나하고 스카이라운지에서 만나기로 한 여자가 왜 약속을 어기고 두 시에 자살했지? 약속을 지킨 다음 자살할 수도 있는 거 아닌가?"

"죽음을 앞둔 여자가 약속 따위 지키겠어? 어리석기 짝이 없군."

"아니야, 그렇지 않아. 모르는 소리하지도 마. 그날 아침 오애라는 좀 만나달라고 애걸했단 말이야. 정말 나를 만나고 싶어 했어. 그런 여자가 왜 자살하느냐 말이야? 난 도무지 이해할 수 없다니까."

"그래서 어쩌겠다는 거지?"

"글쎄…… 만일 그것이 자살이 아니라면 나도 가만있을 수야 없지."

"아니, 자네가 조사하겠다는 건가?"

"글쎄, 경찰에 알릴 수도 있지. 내가 그날 오애라를 만나기로 했다고……"

"경찰은 대수롭지 않게 생각할 걸. 그리고 오히려 자네를 의심하려 들지도 모르네."

"뭐라구?"

그는 뜨끔했다. 멈춰 서서 창밖을 바라보았다.

"그러니까 잠자코 있는 게 좋아. 입을 꼭 다물고 조용히 사는 게 제일 좋아. 세상이 그렇게 가르치지 않나. 많이 경험 했으면서 왜 그래."

"그렇긴 해."

그는 고개를 끄덕인 다음 방안에 불을 켰다. 주방으로 가서 가스레인지에 라면을 끓였다.

다음 날은 기온이 급강하 하는 바람에 몹시 추웠다. 그날 아침 신문에는 오애라의 죽음에 대한 기사가 나와 있었다. 사회면 한쪽에 박스로 다룬 기사였는데, 경찰 발표대로 자살로 처리하고 있었고, 결론적으로 자살 이유를 다음과 같이 기술하고 있었다.

『화려한 은막은 젊은 여성들의 동경의 대상이다. 오애라는 그 미모와 빼어난 몸매로 은막에 오를 수 있었다. 물론 거기에는 운도 따랐을 것이다. 숱한 여배우처럼 그녀 역시 정상을 노렸을 것이다. 그러나 그녀는 화려한 커튼 뒤에 도사린 약육강식의 전장을 몰랐던 것이다. 음모와 배신, 잇따른 추문으로 뒤엉킨 그 전장을 뚫고 나가야만 정상을 쟁취할 수 있는 것을 그녀는 너무 몰랐고 너무 서툴렀던 것이다. 임신 3개월이라는 사실은 무엇을 의미하는가. 그것은 사랑의 결과가 아닌, 짓밟힌 결과가 아니었을까. 그러나 그녀에게는 짓밟히면서도 악착스럽게 살아남는 잡초 같은 의지가 없었던 것이다. 짓밟히고 뜯긴 나머지 자신이 전장에서 버림받았다는 것을 알았을 때, 거기에는 무지개 같은 꿈은 스러지고 죽음에의 유혹만이 남는 게 아닐까. 아무튼 N호텔 20층에서 떨어져 죽은 그녀의 죽음은 독자들에게 많은 것을 암시해 주고 있다. 그리고 임신 3개월이었다는 사실은 누구에게나 측은함을 불러 일으켜주고 있다. 명복을 빈다.』

그것은 K일보였다. 민영기 기자는 그도 잘 알고 있는 후배로 현재 사회부 소속이었고, 경찰서를 출입하고 있는 기자였다.

동표는 오전 내내 아랫목에 누워 천정을 바라보고 있다가 정오경에 일어나 민영기 기자에게 전화를 걸었다. 전화번호부에서 민 기자가 출입하고 있는 경찰서 전화번호를 알아내어 다이얼을 돌렸다. 민 기자는 마침 기자실에 있었다. 이쪽의 이름을 대자 반색을 한다.

"아, 선배님, 웬일이십니까? 그렇지 않아도 인사도 못 드리고, 정말 안 됐습니다. 아무리 불황이라고 하지만 선배님 같은 분을…… 정말 너무했습니다."

그는 후배 기자가 속사포로 신문사의 처사를 비난하는 것을 잠자코 듣고 있다가 말했다.

"이미 지난 일인데 뭘…… 난 미련 없어, 괜찮아."

"그래도 도리가 어디 그렇습니까? 선배님은 지금 뭘 하십니까?"

"그냥 집에 있어. 이제 일자리를 구해야겠지."

"선배님은 그래도 홀몸이시니까 다행입니다. 만일 부양가족이라도 있었더라면 어쩔 뻔 했죠?"

"글쎄 말이야."

"전화로 이렇게 아니라 이리 오십시오. 제가 술 한 잔 사겠습니다."

"아, 고마워. 한번 내가 찾아가지."

"그러지 말고 지금 나오십시오."

"아, 아니야. 다음에 가지. 민 기자에게 뭐 하나 물어 보려고 전화했어."

"뭡니까? 말씀하십시오."

"오늘 아침 기사 나온 거 잘 봤지."

"아, 네, 뭐…… 여기 관할이라 어차피 제가 맡았죠. 그런데 무슨 일입니까?"

"다름이 아니라 거기에 대해 선데…… 오애라, 정말 자살한 건가?"

"네, 자살입니다. 수사도 매듭짓고 수사본부도 철수했습니다. 헌데 왜 그러십니까?"

기자다운 번득임이 수화기를 통해 전해져 왔다.

"아, 아니야. 아무것도…… 내가 좀 알아 볼 게 있어서 그러는데…… 그 집 전화번호 알고 있나?"

"네, 알고 있습니다만…… 무슨 일로 그러십니까? 곤란한 일이라도 있으면 저한테 말씀해 주십시오."

"아무것도 아니야. 묻지 말고 알려주게."

"에, 또…… 잠깐 기다리십시오."

잠시 후 동표는 수첩에다 만기자가 불러주는 오애라의 집 전화번호를 적었다.

"강변 맨션입니다. 집에는 어머니와 언니가 있죠. 언니 이름은 오미라(吳美羅)라고 합니다."

"그 여자는 뭘 하나?"

"아, 오미라 씨는 학교 선생입니다. 음악 교사라고 알고 있습니다."

"고맙네. 자, 수고……"

상대가 뭐라고 말하는 것도 묵살한 채 그는 수화기를 철컥 내려놓았다. 한참 망설이다가 그는 수화기를 다시 집어 들고 오애라의 집으로 전화를 걸었다. 신호는 가는데 전화를 받지 않는다. 수화기를 내려놓을까 하는데 찰칵하고 신호 떨어지는 소리가 들렸다.

"저…… 실례지만 거기, 오애라 씨 댁인가요?"

"네, 그런데요?"

젊은 여자의 목소리다. 목소리가 너무나 약해 금방 끊어질 것 같았다.

"저, 혹시 오미라 씨 되시나요?"

"네, 그런데…… 누구신가요?"

"만나서 자세히 말씀 드리겠습니다. 지금 시간 좀 낼 수 없겠습니까?"

"도대체 누구신데……"

"오 양의 죽음에 대해 드릴 말씀이 있어서 그럽니다."

"누구신데……?"

"저는…… 지난 크리스마스이브에 오 양을 병원에 데려갔던 사람입니다."

탄성 같은 소리가 들려왔다.

"아, 네! 그렇지 않아도 동생한테 이야기 들었어요! 정말 고마웠습니다."

"자세한 것은 만나서 직접 말씀 드리겠습니다. 오늘 두 시에 N호텔 스카이라운지에서 만나 뵙고 싶습니다. 나오시겠습니까?"

"네, 나가겠어요!"

"그럼 얼굴을 모를 테니까…… 테이블 위에 신문지를 말아 놓고 있겠습니다."

오애라가 떨어져 죽은 N호텔에서 이번엔 그녀의 언니를 만나는 것이다.

동표는 설레는 마음으로 약속 장소에 나갔다.

5분 전에 스카이라운지에 도착한 그는 창가에 앉아 둘둘 말아 쥔 신문지를 테이블 위에 올려놓았다. 정각 2시에 검정 코트 차림의 미모의 여성이 그 앞에 나타났다.
"아까 전화하셨던……?"
"네, 그렇습니다."
그는 일어서서 여자를 맞았다. 여자가 먼저 자리에 앉자 그도 뒤따라 앉았다.

오미라(吳美羅)

여자의 아름다움에 그는 숨이 막혔다. 숨이 막혀 잠시 아무 말도 할 수가 없었다. 자매가 모두 뛰어난 미인들이라는 것을 첫눈에 알아볼 수가 있었다.

오미라는 온통 검은 옷차림이었다. 동생의 죽음을 애도하기 위해 그런 차림을 한 것 같았다. 얼굴을 감싸고 있는 흑발과 함께 그것은 무거운 분위기를 이루고 있었다. 그러나 그런 분위기보다는 신선한 느낌이 더욱 강하게 들고 있었다. 얼굴빛이 유난히도 창백하기 때문일까, 아니면 눈빛이 너무 아름답기 때문일까. 신선한 느낌과 함께 그녀에게는 암울하고도 서글픈 분위기 같은 것이 있었다. 그는 커피 두 잔을 시켰다.
"나오시라고 해서…… 죄송합니다."
"아, 아니에요."
그녀가 당황한 듯 말했다. 당황하기는 동표 역시 마찬가지였다.
"동생 일은 정말 안 됐습니다. 이렇게 말로 밖에 할 수가 없군요."
"감사합니다."
그녀가 고개를 깊이 숙였다. 금세 울 것 같았지만 그렇지는 않았다.
"장례는 치렀습니까?"
"네, 화장했어요. 강물에다가 날려 보냈어요."
그는 담배를 꺼내 들었다. 가슴이 터질 것 같았다.
"아름다운 여배우였는데…… 정말 안 됐습니다."
"……"
그녀의 섬세하게 생긴 손이 막 날라 온 찻잔을 잡았다. 그러나 그것을 입으로 가져가지는 않았다.
"학교에 나가신다고 들었는데……?"
"네, 좀 쉬고 있어요."
그럴 수밖에 없을 것이다. 동생을 잃은 충격에서 벗어나려면 당분간 시간이 걸릴 것이다.
그는 담배에 불을 붙인 다음 찻잔을 집어 들었다.

"동생한테서 선생님 말씀을 잘 들었어요. 정말 고맙게 생각했어요. 저희 집에 초대해서 식사라도 한 끼 대접해 드리려고 했는데 그만……"

"별 말씀을…… 저는 의당 해야 할 일을 했을 뿐입니다. 처음에는 오애라 양인 줄도 몰랐지요. 저는 국내 영화는 잘 보지 않았으니까요. 나중에야 오 양인 줄 알았지요. 그런데 그렇게 비명에 가다니…… 도무지 믿어지지가 않습니다."

그는 고개를 흔들다가 찻잔을 들어 입으로 가져갔다. 그의 움직임을 미라의 눈이 하나도 놓치지 않고 바라보고 있었다.

"그런데 아까 전화로 동생의 죽음에 대해서 하실 말씀이 있다고 하셨는데…… 무슨 말씀이신지……?"

"아, 네, 사실은 그것 때문에 연락을 드린 겁니다."

그는 커피를 모두 마신 다음 빈 찻잔을 가만히 내려놓았다.

"제가 미라 씨를 여기서 만나자고 한 것도 이유가 있어서입니다."

"제 동생이 여기서 떨어졌기 때문인가요?"

"정확히 말해 이십층 십구 호실이죠. 동생이 추락했을 때 저는 여기에 앉아 있었습니다. 여기서 누구를 기다리고 있었습니다."

"그 애가 떨어지는 걸 보셨나요?"

그녀의 투명한 눈이 커지고 있었다. 숨을 죽이고 그를 바라보고 있었다.

"보지는 못했습니다. 사람이 떨어졌다고 하기에 밑으로 내려가 보았죠. 그리고 떨어진 사람이 오 양이라는 것을 알았습니다. 그런데……"

음악 소리가 갑자기 커지고 있었다. 그것이 가라앉은 때까지 기다리고 있다가 그는 말을 이었다.

"그런데 제가 여기서 기다리고 있던 사람은 다름 아닌 오애라 양이었습니다."

"……"

두 사람의 시선이 뜨겁게 부딪쳤다. 동표는 의혹에 가득 찬 상대방의 시선을 피했다.

"얼른 이해가 안 가실 겁니다. 저는 그날 그러니까 십이 월 삼십 일일 아침에 오 양의 전화를 받았었지요. 오 양은 저를 좀 만나고 싶다는 거였습니다. 오 양의 목소리를 듣자 저는 몹시 기뻤습니다. 그렇지만 인사를 받을 생각은 추호도 없었기 때문에 사실 오 양을 만난다는 것이 여간 쑥스럽지가 않았습니다. 그렇지만 오 양이 하도 간곡히 말하기에 나가겠다고 약속을 한 겁니다. 우리는 한 시 정각에 여기서 만나기로 하고 전화를 끊었습니다."

경청하고 있는 오미라의 얼굴에 의혹의 빛이 더욱 짙게 나타나고 있었다. 그는 계속해서 말했다.

"제가 이곳에 들어선 것이 한 시 오 분 전이었습니다. 저는 바로 이 자리에 앉아 오 양을 기다렸습니다. 그러나 약속 시간이 지나도 오 양은 나타나지 않았습니다. 그럴 리가 없다고 생각하면서 기다리다 보니 한 시간이 거의 다 지났습니다. 정각 두 시가 되었을 때 저는 더 이상 기다릴 수가 없었습니다. 그래서 놀림을 당한 것 같은 언짢은 기분으로 자리에서 일어섰습니다. 그리고 막 밖으로 나가려는데 뒤에서 사람이 떨어졌다는 소리가 들려왔던 겁니다."

그녀는 움직이지 않았다. 굳어져 버린 듯 꼼짝하지 않고 앉아서 그를 응시하고 있었다. 그에게서 진실을 캐려는 듯 한 그런 눈빛이었다. 그는 화제를 건너뛰었다.

"경찰은 오 양의 죽음을 자살로 단정했더군요. 정말로 오 양이 자살했다고 믿으십니까?"

"모르겠어요. 저는…… 아무것도 모르겠어요."

머리칼이 흔들렸다. 그는 곤혹스러웠다. 자기가 왜 그러는지 알 수가 없었다.

"제 생각에는 오 양이 자살한 것 같지 않습니다. 아니, 이렇게 말하는 게 옳겠군요. 오 양의 자살을 믿고 싶지 않다고 말입니다. 저로서는 믿을 수가 없습니다. 도대체 이해가 가지 않습니다."

그녀의 아름다운 두 눈이 공포로 굳어지는 것을 동표는 보았다.

"그토록 만나자고 해놓고 자살하다니, 그게 이야기가 됩니까? 오 양은 이십 층에 있었고, 저는 여기 스카이라운지에 있었습니다. 그런데 그녀는 저를 위에서 한 시간 동안 기다리게 해놓고 자살했다는 겁니다. 그게 말이 됩니까? 아무리 생각해도 이해가 되지 않습니다."

"……"

"만일 약속대로 저를 만나고 자살했다면 충분히 납득이 갑니다. 얼마든지 그럴 수도 있는 일이니까요. 그렇지만 제 경우에는 오 양의 자살을 경찰 발표대로 받아들일 수가 없습니다."

"그렇다면…… 누군가가 그 애를…… 죽였다는 말씀이신가요?"

그녀는 공포로 얼어버린 표정이었다. 그는 두 대째의 담배에 불을 붙였다.

"결론은 그렇게 날 수밖에 없겠지요. 누군가가 동생을 창밖으로 내던진 겁니다."

하기 싫은 잔인한 말이었지만 그는 끝내 그렇게 말하고 말았다.

눈이 더욱 커지는 듯 하더니 급기야 눈물이 가득 고인다. 머리를 흔들자 눈물이 후두둑 떨어진다. 그녀의 섬세한 손이 눈을 가린다.

"그럴 리가…… 믿을 수가 없어요. 그럴 리가 없어요. 선생님은 도대체 누구세요?"

눈물 사이로 의혹의 빛이 서리는 것을 그는 놓치지 않고 볼 수가 있었다. 공연한 말을 했다고 생각했을 때는 이미 늦어 있었다.

"저는 사실 선생님에 대해서 아무것도 몰라요. 그런데 어떻게 선생님 말씀을 믿을 수가 있겠어요."

동표는 난처했다. 그녀가 자기를 의심하고 있다고 생각하자 괴롭기까지 했다.

"당연히 그러시겠지요. 뭐라고 저를 설명해야 할지 모르겠군요. 저는 다만 오 양의 죽음이 너무 억울한 것 같았고…… 그래서 어떻게든지 사실을 밝혀 보려고 우선 미라 씨를 만나 본 건데, 제가 설명이 좀 부족했던 것 같군요."

"경찰에 그 사실을 알리셨나요?"

핵심을 찌르는 질문에 동표는 머뭇거렸다.

"아직 알리지 못했습니다."

"저보다도 경찰에 먼저 알리는 게 순서가 아닐까요?"

"네, 그야 그렇지요. 알면서도 사실은 오해를 살까봐 경찰에 말하지 못하고 있습니다. 경찰에 불려 다니는 게 싫어서……"

"사실을 밝히시겠다면서 경찰을 기피하시는 이유를 잘 모르겠군요."

문득 힐난 당하는 것처럼 들려왔다. 불쾌한 감정이 고개를 쳐들다가 말았다.

"어떻게 생각하셔도 좋습니다. 저는 제가 겪은 일들과 관련해서 제 생각을 말씀드린 것뿐입니다."

그는 주머니에서 이미 쓸모없게 된 명함을 꺼내 그녀 앞에 내놓았다.

"저를 설명할 수 있는 거라곤 이것뿐이군요. 여간 어색하지 않다는 걸 알면서도 별 수 없이 이런 짓을 하게 되는군요. 얼마 전까지 저는 K일보 교정 기자로 근무하고 있었습니다. 십 오년 동안 근무해 왔는데, 공황 때문에 쫓겨나고 말았습니다. 감원 선풍에 밀려난 거죠. 물론 제가 우수했다면 쫓겨날 리 만무했겠지만……"

그는 씁쓸한 기분으로 창밖을 잠시 바라보았다. 더 이야기하고 싶지 않았지만 내친 김에 다시 말을 이었다.

"신문사를 그만 둔 날이 하필이면 크리스마스이브였습니다. 퇴직금을 받아들고 허탈한 마음으로 시내를 방황하다가 오 양이 길에 쓰러져 있는 것을 발견한 겁니다. 이 이상은 더 설명할 말이 없군요."

그녀는 명함을 집어 들고 잠시 들여다보다가 그것을 핸드백 속에 집어넣었다. 그리고 일어설 듯한 자세를 취했다. 동표는 눈을 똑바로 뜨고 그녀를 바라보았다.

"동생의 죽음을 그대로 덮어 두실 생각입니까?"

"……"

그녀는 일어서려다 말고 주춤했다. 동표는 기회를 놓치지 않고 쏘아붙였다.

"오애라 양이 어떻게 죽었든 제가 상관할 일은 아닙니다.

그런데도 제가 왜 이렇게 나서서 그러는지 제 자신도 알 수가 없습니다. 저는 언니 되시는 분께서 틀림없이 관심을 가질 것이라 믿고 이렇게 만나서 말씀을 드린 건데······"

"여러 가지로 고맙습니다만 저는 아직 어떻게 해야 할지 모르겠어요. 저는 지금 손발이 마비되어 버린 것 같아요. 머리도 그렇구요."

"누군가가 나서서 사건의 진실을 모두 밝혀야 합니다. 그렇지 않으면 오애라 양은 지하에서 결코 편히 잠들 수가 없을 겁니다."

그녀는 고개를 젓다가 바닥을 차듯이 하며 일어섰다.

"저한테 그런 말씀 하지 마세요!"

동표는 따라 일어섰다.

"왜 그런 말해서는 안 된다는 겁니까?"

"그 애는 자살한 거예요······"

"단정을 내리는 건 너무 성급한 짓입니다!"

"······"

그녀는 눈물이 글썽한 눈으로 그를 한참 바라보다가 홱 돌아섰다.

"사실을 이대로 덮어둔 채 그대로 가다니 이해할 수가 없습니다!"

부정하는 듯 그녀는 고개를 젓다가 출구 쪽으로 급히 걸어갔다. 한 손으로 얼굴을 가린 채 뛰다시피 걸어가는 것이 울음을 참느라고 그러는 것 같았다. 뒷모습이 늘씬해 보였다.
　동표는 도로 그 자리에 앉았다.
　어떤 기대가 와르르 무너졌을 때의 허탈감이 가슴을 가득 채우고 있었다. 괜히 오미라를 만난 것 같았다. 왜 내 말을 믿으려 하지 않을까. 동생의 억울한 죽음을 모른 체하고 덮어 두겠다는 것인가. 아무래도 이해할 수가 없다. 경찰 발표와 정반대되는 사실을 받아들이기에는 아직 그녀의 마음이 정리되어 있지 않기 때문일까. 하긴 그녀는 지금 제 정신이 아닐 것이다. 사랑하는 동생이 죽었다는 그 사실만으로도 그녀는 정신을 차리지 못하고 있을 것이다. 따라서 자살이냐 타살이냐 하는 문제는 지금 그렇게 그녀를 사로잡는 문제가 될 수는 없을 것이다. 내가 너무 성급하게 군 게 아닐까. 그는 우울한 눈으로 창밖 허공을 바라보았다.

나의 고백(告白)

오애라의 언니 미라를 만난 지 닷새가 지났다.

그 동안 동표는 오애라의 죽음에 대한 의혹을 깨끗이 접어둔 채 직장을 구하러 다녔다. 생각했던 대로 직장은 쉽게 구해지지가 않았다. 직장마다 감원 선풍이 불고 있어서 그럴 수밖에 없었다. 말도 꺼내기 전에 모두가 고개를 설설 내젓는 바람에 그는 얼굴을 붉히고 돌아서야 했다. 그런 이유 말고도 40고개를 넘은 사나이를 선뜻 받아주는 직장이 있을 리가 없었다. 거리에는 그보다 젊고 실력 있는 젊은이들이 직장을 구하지 못해 쓰레기처럼 굴러다니고 있는 판이었다.

닷새 동안 돌아다닌 끝에 그는 마침내 직장 구하는 것을 포기하고 집안에 드러누워 버렸다.

"절에 들어가 중이나 될까."

바닥에 누운체 천정을 쳐다보고 처음 중얼거린 말이었다. 그것은 괜히 쓸데없이 지껄인 말이었다. 자신이 결코 중이 될 수 없다는 것을 그는 잘 알고 있었다. 그는 속세를 매우 사랑하고 있었다.

"그동안 조금 저축해 둔 것 하고 퇴직금을 합치면 금년 한해는 그럭저럭 놀고 지낼 수 있겠지. 놀고먹는다는 것…… 이 얼마나 바라던 일인가."

그는 천장을 향해 담배 연기를 내뿜었다.

조금 후 졸음이 밀려왔다. 기분 좋은 순간이었다. 절망적인 기분이 오히려 느긋한 감정을 안겨주고 있었다.

막 잠이 들었던 그는 전화벨 소리에 눈을 떴다. 누굴까? 잘못 걸려 온 거겠지. 그는 벽 쪽으로 돌아누웠다. 전화벨이 계속 울리고 있었다. 빌어먹을……. 그는 천천히 일어나 거실로 나갔다.

수화기를 집어 들자,

"아, 여보세요?"

하는 조금 초조한 듯한 목소리가 들려왔다.

"네 누구신가요?"

"저, 실례지만…… 이동표 씨 계십니까?"

"네, 제가 이동표입니다만……"

상대는 갑자기 숨을 죽이는 것 같았다.

침묵이 길었기 때문에 그가 다시 물었다.

"누구신가요?"

"저…… 오미라예요."

기어들어가는 듯한 여자의 목소리에 동표는 졸음이 싹 가셨다.

"아, 난 또 누구시라고……"

"안녕하셨어요?"

"네, 안녕하셨습니까?"

그는 적이 당황하고 있었다.

"지난번에는 제가 너무 실례했어요."

"원 무슨 말씀을……"

"정말 죄송했어요."

"아, 괜찮습니다. 전 생각지도 않고 있습니다."

"저기…… 오늘 좀 뵐 수 없을까요?"

"글쎄……"

그때까지도 그는 당황하고 있었다. 이 여자가 왜 나를 보자고 하는 것일까. 지난번에는 도망치듯 가버리던 여자가 왜 나를 만나겠다는 것일까. 그가 머뭇거리고 있는데, 여자가 다시 말했다.

"불쾌하시겠지만, 시간 좀 내주실 수 없을까요?"

"불쾌하다니요. 천만에요. 그런 말씀 마십시오. 헌데 무슨 일로?"

"긴히 드릴 말씀이 있어요. 선생님께 우선 말씀 드리는 것이 좋을 것 같아서 그래요."

"동생에 관한 겁니까?"

"네……"

"전화로 말씀하시죠."

그는 자신의 냉정한 말투에 자못 놀랬다.

"전화로 말씀드리기가 곤란해요. 정 그러시다면 그만두겠어요. 안녕히 계세요."

"아, 잠깐!"

그는 역시 마음이 모질지가 못한 사내였다.

"나가죠. 지금 어디 계십니까?"

"덕수궁에 있어요."

"덕수궁에요?"

"네, 아주 조용해서 좋아요."

"한 시간 이내에 가겠습니다."

"기다리고 있겠어요. 덕수궁에 들어오시면 찻집이 있어요. 그리로 오세요."

"알겠습니다."

전화를 끊고 난 그는 입맛을 쩍 다셨다.

"이거 원, 아침도 안 먹었는데……"

시간은 12시가 가까워지고 있었다.

덕수궁에는 눈이 하얗게 덮여 있었다. 도심에서 그런 눈 쌓인 모습을 볼 수 있다는 사실에 꽤 놀랐다. 덕수궁에서 만나자고 한 미라의 마음을 어느 정도 이해할 수 있을 것 같았다.

찻집은 분위기가 소박하면서도 아늑했다. 음악도 없어서 실내는 정적만이 감돌고 있었다.

손님이라고는 오미라 혼자뿐이었다. 그녀는 난로 가에 멍하니 앉아 있었다. 난로 위에서는 주전자가 김을 뿜어내고 있었다.

시선이 마주친 그들은 가볍게 목례했다. 동표는 뜨거운 엽차로 목을 축였다. 소녀가 커피 두 잔을 날라 왔다. 그들은 말없이 찻잔을 집어 들었다.

"눈이 많이 쌓였군요."

"네, 눈이 내릴 때가 좋아요."

"담배 피우시나요?"

"아뇨."

"무슨 이야기인지 듣고 싶습니다."

그녀는 잠시 창밖으로 시선을 던졌다가 다시 그를 바라보았다.

"실례되는 짓인 줄 알면서도 저는 선생님에 대해서 좀 알아 봤어요. 그때 제 기분은 그럴 수밖에 없었어요."

"아, 그랬던가요? 알아보신 결과는?"

"선생님 말씀 대로였어요. 최근에 신문사를 그만두시고 지내신다고 들었어요. 그 밖에도 선생님의 인간적인 것 등 자세히 알아 봤어요."

"그런 말씀 들으니까 창피해지는데요."

"아니에요. 저는 지금 현재는 선생님을 제일 믿고 싶은 심정이에요."

"믿을만한 사나이는 못됩니다. 겁도 많고 소심하고, 책임감이 없는 편이죠."

"어떤 분이 선생님에 대해서 자상히 말씀해 주셨어요. 훌륭하신 분이시라고……"

"뭐라구요?"

그는 눈을 크게 떴다가 얼굴을 일그러뜨리며 웃었다. 서글픈 웃음이었다.

"도대체 누가 그런 말을 하던가요?"

"후배 기자라는 분이 그랬어요. K일보의 민영기 기자가……"

"민 기자가요? 잘 아는 사인가요?"

"동생 사건이 나고 저희 집에 취재하러 자주 왔어요. 며칠 전 자기 선배 되는 분이 우리 집 전화번호를 묻기에 가르쳐 줬는데, 혹시 연락이 가지 않았느냐고 묻더군요. 그래서 연락이 와서 한번 만났다고 그랬더니 놀라면서 무슨 일로 그러더냐고 물었어요."

"그래서 말씀하셨나요?"

"아뇨."

"잘 하셨습니다. 그렇게 되면 신문에 보도되고 제가 귀찮아 집니다."

"마침 그분한테서 전화가 왔기에 선생님에 대해 물어본 거예요."

"그 친구…… 씩씩하고 민첩한 기자지요."

그들은 약속이나 한 듯 서로 입을 다물고 창밖을 바라보았다. 눈이 하나 둘씩 떨어지고 있었다. 동표는 그녀가 어서 입을 열기를 기다리고 있었다.

그녀는 여전히 검정 옷차림이었다. 저 속에 있는 것은 하얗겠지. 그는 고개를 돌리면서 그녀의 섬세하게 생긴 손을 힐끗 쳐다보았다. 그때 그녀가 입을 열었다.

"제가 상의 드릴 수 있는 분은 선생님 밖에 없다고 생각해서 뒤늦게 전화를 걸었던 거예요."

"……"

그는 잠자코 끄덕였다.

"보여 드리고 싶은 게 있어서 가지고 나왔어요."

"뭡니까?"

"동생의 일기장이에요."

"일기를 썼던 모양이군요."

"저도 몰랐어요. 유품을 정리하다가…… 발견했어요."

목소리가 갑자기 가라앉은 것 같아서 쳐다보니, 어느새 그녀의 눈에 물기가 번지고 있었다. 동표는 창밖으로 눈을 돌렸다. 눈송이가 아까보다 굵어지고 있었다.

"무심코 일기장을 읽었어요. 그런데 놀라운 사실이 있었어요. 어쩌면 애라의 죽음과 관계가 있을지도 모르는 사실이었어요. 그것을 읽고 나서 저는 선생님 말씀이 어쩌면 옳을지도 모른다고 생각했어요. 다시 말씀드려 애라의 죽음을 자살로 받아들일 수가 없었어요."

동표는 가슴속 저 밑바닥에 가라앉아 있던 뜨거운 열기가 서서히 일어서는 것을 느꼈다. 그는 주전자를 들고 컵에 엽차를 따랐다.

"일기장을 보고 싶군요. 오 양한테는 실례되는 짓이지만…… 허락해 주신다면……."

오미라는 핸드백을 열더니 그 안에서 책처럼 생긴 두툼한 일기장을 꺼냈다. 겉에 진녹색의 두꺼운 비닐 커버를 씌운 고급스럽게 생긴 것이었다. 그것을 그녀는 무슨 보물을 다루듯 손에 들고 있다가 조심스럽게 탁자 위에 올려놓았다.

"바로 이거예요."

동표의 얼굴에 두려운 빛이 스쳐갔다. 그는 손대서는 안 되는 물건을 보듯 오애라의 일기장을 내려다보았다.

"분량이 상당히 많은 것 같은데…… 여기서 다 읽을 수 있을까요?"

"가져 가셔도 돼요. 읽어보신 다음 돌려주세요."

막상 그녀가 그렇게 말하자 동표는 망설여졌다.

"왜 저한테 보이시려는 겁니까? 먼저 경찰에 보일 수도 있을 텐데……"

"저는 선생님을 믿기 때문이에요. 제 동생의 일기장에 수사관들의 손때를 묻히고 싶지 않아요. 그 애도 그건 바라지 않을 거예요."

볼 위로 소리없이 흘러내리는 눈물을 그녀는 급히 손수건으로 훔쳐 냈다. 동표는 그녀의 심정을 조금 이해할 수 있을 것 같았다.

"그럼 제가 좀 보겠습니다."

그는 찻잔을 내려놓고 두 손으로 일기장을 집어 들었다. 그리고 호흡을 가다듬은 다음 겉장을 넘겼다.

〈나의 고백〉이라는 글자가 첫 장 윗부분에 가로로 적혀 있었다. 여자다운 예쁘고 조그만 글씨였지만, 그것을 보는 순간 가슴에 전류 같은 것이 스쳐갔다. 왜 일기장에다 그녀는 〈나의 고백〉이라고 썼을까. 여기에 무슨 고백이 담겨 있을까.

"그애는 독실한 가톨릭 신자였어요. 신자가 아니었다면 아마 그런 일기를 쓸 수 없었을 거예요."

"아, 그랬던가요."

그는 첫 장을 넘겼다.

〈주님에게 이 고백을 바치옵니다.〉
라는 글이 아랫부분에 한 줄로 적혀 있었다. 다시 한 장을 넘기자 중간쯤에 〈1975~〉라고 씌어져 있었다. 아마 1975년부터의 기록인 듯했다. 그것을 넘기자 깨알 같은 글씨가 나타났다. 그는 숨을 죽이고 그것을 들여다보았다. 날짜는 적혀있지 않았다. 여느 일기와는 다른 독특한 형식이었다.

　—첫 번째 악마의 손길이 뻗쳐온 것은 제가 여고를 졸업하고 영화계에 갓 데뷔하고 났을 때였습니다.
　제가 처음으로 주연했던 영화 〈노크 소리〉는 관객 수십만을 동원하는 기록을 보일만큼 대호평이었습니다. 저는 그것 한편으로 단숨에 스타덤에 뛰어올라 은막의 신데렐라가 되었습니다.
　그때 제 나이 열아홉 살이었습니다. 그렇지만 일단 화려하게 각광을 받게 되자 저를 십대 소녀로 보는 사람은 아무도 없었습니다. 모두가 저를 성숙한 여인으로 보기 시작했고, 신문에서조차 저를 육체파니 글래머 스타니 하고 표현했습니다. 저는 그것이 싫지 않았습니다. 사실 저는 십대 소녀라고 보기에는 놀라울 정도로 육체가 발달되어 있었습니다. 가슴이며 허리며 둔부가 성숙한 여인의 그것이었습니다.
　저는 그때부터 성숙한 여인으로서 온갖 파티에 초대되곤 했습니다. 으레 파티에는 사회의 저명인사들이 몰리기 마련이고 저는 그런 장소에서 파티의 꽃으로서 많은 상류층 인사들을 알게 되었습니다.

　얼마 전까지만 해도 여고를 졸업한 일개 소녀에 불과하던 제가 그런 사람들과 사귀게 되다니, 정말 놀라운 비약이었고 꿈같은 일이었습니다. 저는 도무지 그것이 현실 같지가 않았습니다. 그러나 사실은 사실이었습니다. 매일 그야말로 몸이 늘어질 정도로 먹고 마시며 바쁘게 돌아다녔습니다. ―

어떤 음모(陰謀)

　오애라의 〈나의 고백〉은 갑자기 끊어졌다가 몇 단계 뛰어넘어 다시 전개되는 식으로 기술되어 있었다. 아마 한꺼번에 쓰지 않고 틈틈이 썼기 때문에 그런 것 같았다.
　오미라와 헤어져 곧장 집으로 돌아온 동표는 방 아랫목에 드러누워 오애라의 〈나의 고백〉을 숨 가쁘게 읽어 나갔다.
　메모지와 볼펜까지 옆에 준비해 두고 본격적으로 읽기 시작한 것이다.

　―처음으로 마수를 뻗어온 사람, 그 사람은 유명한 디자이

너 홍 기(洪起) 씨였습니다. 그는 파티 석상에서 자연스럽게 저한테 접근해 왔습니다. 그가 플레이보이이고, 한국인 여자와 일본인 남자 사이에 태어난 혼혈이라는 것은 다 아는 사실입니다. 그러나 그는 너무나 유명한 사람이기 때문에 그의 여러 가지 단점들은 빛에 가려 보이지 않았던 것입니다. 그의 주위에는 항상 아름다운 여성들이 몰려들고 있었습니다. 그들은 십 대 소녀로부터 육십 대 할머니에 이르기까지 나이도 다양했습니다. 그러나 그는 그 중에서도 저한테 남다른 친절을 보여주었습니다. 의상을 공짜로 맞춰주고, 패션쇼에는 의례 저를 모델로 등장시키곤 했습니다.

인기를 타기 시작했다고 하지만 사실 저는 그때까지도 수입이 신통치가 않았습니다. 아니, 수입이 신통치가 않았다기보다는 지출이 갑자기 많아졌다는 편이 옳은 표현이겠지요. 그럴 수밖에 없는 것이 저는 청바지 하나로 버틸 수 있는 입장이 아니었거든요. 인기 가도에 들어선 여배우이니 유행에 맞춰 옷이며 구두며 액세서리 같은 것들을 부지런히 사야했고, 미장원 출입도 자주 해야 했고, 인기를 유지하기 위해 적당히 돈도 뿌리고 다녀야 했던 것입니다. 이런 것들이야 기본적인 지출에 불과하고, 사실 따지고 보면 돈을 써야할 곳이 너무너무 많았습니다. 그러나 저는 햇병아리 여배우니 빈털터리나 다름없었습니다.

그때처럼 돈이 필요한 적이 없었습니다. 돈! 그것이야말로 저한테는 최고의 우상이었습니다. 솔직히 말해 저는 멋진 드레스 차림으로 자가용을 타고 파티 장소에 나가는 것이 소원이었습니다. 그러나 제가 자가용을 산다는 것은 요원한 일이었습니다.

그렇게 궁색한 저에게 디자이너 홍은 물질적인 도움을 주었던 것입니다. 즉, 비싼 옷들을 공짜로 주기 시작한 것입니다. 공짜처럼 좋은 게 또 어디 있습니까. 더구나 저한테 제일 필요한 것이 의상이었으니, 옷을 선물로 받을 때마다 저는 너무 기뻐서 눈물이 다 나올 지경이었습니다. 그 밖에도 디자이너 홍은 기회 있을 때마다 액세서리며 용돈 같은 것을 주었습니다. 그때마다 저는 넙죽넙죽 받아먹곤 했습니다. 마치 어린애처럼 말입니다.

저에게 용돈을 줄 때면 그는 이렇게 큰소리로 말하는 것이었습니다.

"난 애라가 빨리 한국 최고의 대스타가 되는 것이 보고 싶어. 애라는 충분히 그럴 가능성이 있어. 대스타가 되거들랑 모른 체 하지 마."

아, 얼마나 가슴 벅찬 말입니까?

다음은 오애라가 드디어 디자이너 홍에게 처음으로 육체를 유린 당한 고백이었다. 동표는 눈을 부릅뜨고 그 부분을 읽었다.

어느 비 오는 날 밤 오애라는 홍의 초대를 받고 그의 아파트를 방문한다. 아파트에는 이미 수 명의 남녀들이 와 있었다. 홍은 그녀에게 주스를 권한다. 조용한 음악이 흐르는 가운데 애라는 환각 상태에 빠진다. 손가락 하나 움직일 수 없는 상태에서 그녀는 옷이 벗겨진다.

그녀 뿐 아니라 모두가 옷을 벗고 있었다. 이른바 그룹 섹스가 시작된 것이다. 어두운 조명등 아래 난교 파티가 벌어지고, 애라는 홍의 공격을 받는다. 여러 사람이 지켜보는 가운데 그들은 관계를 맺는다. 그리고 한쪽에서는 무비카메라가 그들의 관계를 찍고 있었다.

홍은 일을 치르고 나자 다른 남자에게 그녀를 넘긴다. 그녀는 그날 밤 4명의 남자에게 철저히 유린당한다. 최초의 남성 경험으로서는 실로 엄청난 충격이었다.

그 뒤로도 난교는 계속된다. 애라는 그 그룹의 일원이 된 것이다. 울며불며 애걸했지만 빠져나올 수가 없었다. 무비카메라에 담은 난교 장면이 협박의 무기로 이용된 것이다. 애라의 고백은 계속된다.

— 그룹 섹스의 횟수가 늘어감에 따라 저는 처음과는 달리 어느 사이에 그것을 즐기게 되었어요. 놀라운 변화이자 타락이었지요.

그 그룹의 여자 회원들은 거의가 얼굴이 좀 알려진 예쁜 신인들이었어요. 신인 모델, 신인 가수, 신인 탤런트, 신인 아나운서 등 모두가 하나같이 햇병아리들이었고, 유혹에 약한 또래들이었어요.

반면 남자들은 디자이너 홍과 비슷한 사십대 전후의 사나이들로 정체를 알 수 없었어요. 다만 돈이 굉장히 많은 사람들이란 것을 알 수 있을 뿐이었어요. 파티가 끝나면 그들은 수표를 한 장씩 던져놓고 사라지곤 했어요. 액면 금액은 일백만 원이었어요. 생각해 보세요. 얼마나 돈이 많으며 그런 큰돈을 휴지조각처럼 내놓을 수 있겠어요. 디자이너 홍은 그렇게 해서 각계의 신인들을 손아귀에 쥐고 주무르게 되었고, 신인들은 그 덕분에 풍족하게 지낼 수 있게 되었어요. 저는 꿈에 그리던 자가용까지 구입하게 되었지요. 우리는 기회 있을 때마다 홍을 치켜세웠어요. 최고의 디자이너라고 말예요. 그것은 정말 효과적인 선전 방법이었고, 홍의 인기는 날이 갈수록 높아만 갔어요.

홍은 그야말로 플레이보이였고, 영리한 사람이었어요. 그는 여자들을 농락하고 이용하는데 능수능란한 사람이었어요. 저는 짧은 기간에 놀라울 정도의 속도로 타락해 갔어요. 타락할 수밖에 없었지요.

가장 무서운 것은 마약을 상습적으로 복용하게 되었다는 사실입니다. 마약 환자는 다른 사람까지 끌어들여야 직성이 풀리는 가 봅니다. 마약 중독자인 홍은 여자들을 모두 자기처럼 만들어 놓았던 것입니다.

그룹 파티의 여자 회원은 신입 회원과 수시로 교체되었습니다. 인기가 없는 회원은 신입 회원과 교체되어 다른 곳으로 넘겨졌습니다. 저는 그래도 인기가 있어 꽤 오래 남아 있었습니다. 그러나 날이 갈수록 신선한 빛이 스러지고 인기가 떨어질 수밖에 없었지요.

일 년 만에 저는 드디어 그룹에서 쫓겨나 다른 곳으로 넘겨졌습니다. 그 때쯤에는 저는 이미 영화계로부터 외면 당하고 있었습니다. 그럴 수밖에 없었지요. 촬영 스케줄을 자주 펑크 내는 등 불성실한데다 이미 신선한 빛을 잃고 있었으니까요. 그 동안 저는 세 번이나 임신중절 수술을 해야 했고, 그러니 몸이 엉망이 될 수밖에 없었지요.

얼마 후 제가 그 그룹에서 쫓겨나 자리를 옮긴 곳은 요정이었습니다. 그것은 아주 교묘하게 지능적으로 이루어졌던 것입니다.─

어느 날 애라는 정체불명의 사나이로부터 걸려온 전화를 받는다. 다짜고짜 귀한 손님들을 접대하는데 네가 필요하니 좀 나와 달라는 것이었다. 애라가 화를 내고 거절하자 사나이는 웃었다.

"이거 봐. 섹스 파티의 주요 멤버라는 거 다 알고 있어. 마약까지 복용하고 있다면서? 알아서 기어. 필름까지 가지고 있으니까."

하는 수 없이 그녀는 약속 장소에 나갔다. 함정에 빠진 줄 알았지만 그 때는 이미 너무 늦어 있었다.

약속 장소에 나가자 대머리의 사내가 그녀를 기다리고 있었다. 사내는 그녀를 보고 능글맞게 웃었다.

"한번쯤 고집 부리는 것도 귀엽지. 사진보다 예쁘군."

사내를 따라간 곳이 바로 비밀 요정이었다.

그 때부터 애라는 술을 따르고 손님과 동침한다. 얼굴이 꽤 팔린 여배우라 인기가 좋았다. 디자이너 홍과의 관계는 자연적으로 끊어졌다.

밤의 흑막 속에 1년이 또 흘렀다.

어느 날 그녀는 30대의 일본 사람과 동침했다.

머리를 박박 깎고 코밑수염을 기른 광포한 사나이였다.

다음날 애라는 요정 마담으로부터 일본으로 출장 가라는 지시를 받았다. 그러나 한번 출장 가면 돌아오기 어렵다는 것을 알고 있는 애라는 그 제의를 거절했다. 출장은 곧 일본 유흥가로 팔려가는 것이었다.

눈물로 호소하자 김 마담은 다른 제의를 했다.

"네가 가기 싫으면 다른 애 하나를 대신 데려와. 너처럼 예뻐야 해."

이렇게 저렇게 하라고 요령까지 일러준다.

그 때부터 애라는 사냥 작전에 나선다. 자신이 끌려가지 않기 위해 먹이를 구해 나선 것이다.

자연 그녀는 별로 빛을 못보고 있는 연예계의 여자들에게 손을 뻗는다. 그런 여자들이 유혹에 약하다는 것을 알고 있기 때문이다.

첫 희생자는 그녀와 같은 여배우였다.

그녀를 일본으로 떠나보내고 나서 애라는 양심의 가책으로 눈이 퉁퉁 붓도록 울었다. 그러나 시련은 그것으로 끝난 것이 아니었다.

김 마담은 계속 여자를 요구했고, 그때마다 애라는 친한 친구들을 제물로 바쳤다. 김 마담은 건수를 올릴 때마다. 그녀에게 20만 원씩 쥐어 주었다.

그렇게 해서 넘긴 여자들이 50명이 넘었다.

무서운 음모였다.

조직은 베일에 싸여 있었고, 표면에서 활동하고 있는 하수인은 오애라였다.

일본으로 건너간 여자들로부터는 일체 소식이 없었다. 그러자 그 가족들이 오애라를 붙들고 어떻게 된 일이냐고 따지기 시작했다.

"아가씨가 소개해서 일본으로 건너가지 않았소? 그런데 왜 통 소식이 없지? 죽었는지 살았는지 소식이라도 있어야 할 거 아니야?"

그러던 참에 한 아가씨로부터 편지가 날아왔다. 맨 처음 제물이 된 여배우가 보낸 편지였는데, 발신지가 일본 아닌 레바논의 수도 베이루트였다. 내용은 한 마디로 살려달라는 것이었다. 비참한 내용이었다.

— 엄마, 저는 지금 자살 직전에 있어요. 모든 것은 제 탓이에요. 저의 허영 때문에 빚어진 것이에요. 친구의 꼬임에 빠져 일본으로 건너간 저는 거기에 도착해서야 제가 일본 유흥가에 팔려 왔다는 것을 알았어요. 울고불고 호소했지만 소용없었어요. 폭력 조직이 항상 감시하고 있어서 도망칠 수도 없었어요. 저는 동경에 삼 개월 있다가 아랍의 어느 부호에게 팔려 중동으로 건너 왔어요. 요르단의 암만이었어요. 거기서 갖은 수모를 겪다가 쫓겨나 지금은 베이루트 뒷골목에 있어요. 지금 저는 죽지 못해 살고 있어요. 제가 여기서 풀려나려면 십만 달러가 있어야 해요. 엄마, 저를 살려주세요. 부탁이에요.—

동표는 읽던 것을 엎어 놓고 벌떡 일어났다. 가슴이 벅차올라 계속해서 읽을 수가 없었다.

그는 담배를 찾아 피워 물고 초조하게 좁은 방안을 왔다 갔다 했다.

어느새 어둠이 내리고 있었다. 창문을 활짝 열고 찬 공기를 가슴 깊이 들이마셨다. 답답하던 가슴이 조금 풀리는 것 같았다. 눈송이가 바람을 타고 방안으로 날아들어 왔다. 창문을 닫고 다시 서성거렸다.

　그 엄청난 사실을 어떻게 받아들여야 할지 알 수가 없었다.

　— 국제 매음 조직—

　…… 하나의 정체가 안개 저편에서 가물가물 그 모습을 드러내려 하고 있었다.

동 행 자(同行者)

오애라는 조직에서 벗어나려고 발버둥 치지만 소용이 없었다. 그녀는 계속 여자를 조달하도록 강요받는 한편 소식이 두절된 여자들의 가족들로부터는 집중적인 추궁을 받는다. 견디다 못한 그녀는 일시 잠적까지 하지만 조직의 마수를 벗어나지는 못한다.

― 저는 견디다 못해 제주도로 도망을 갔어요. 그리고 삼류 호텔에 숨어 있었는데 며칠 못가 붙들리고 말았어요.
서울로 붙잡혀온 저는 끔찍한 고문을 당했어요. 그들은 저의 옷을 벗기고 저를 강간했어요. 셋이서 번갈아 가면서 나흘 동안 저를 강간했어요. 그것도 모자라 저를 물이 가득 찬 욕조 속에 처넣고 몇 번이나 까무러치게 했고, 상처 나지 않게 저를 때리고 짓밟았어요. 저는 완전히 짐승이나 다름없었어요. 짐승처럼 신음하면서 바닥을 기어 다녔어요. 그들은 제 젖꼭지를 비틀어대고 음모를 잡아 뽑는 등 이루 말할 수 없는 만행을 자행했지만 저는 소리 한번 제대로 지를 수가 없었어요.

그들은 마지막에 이런 제의를 했어요. 죽든가 아니면 일본으로 가라구요. 제 입을 막는 방법은 그 길 밖에 없다는 거였어요. 둘 중 하나를 선택하지 않을 수 없게 된 저는 그래도 죽고 싶지는 않아서 일본에 팔려가겠다고 했어요. 그 길 밖에 살 수 있는 방법이 없었기 때문이에요.

그러다가 저는 일본으로 가기 위해 대기하고 있던 중 목숨을 걸고 탈출했어요. 아무리 생각해도 외국으로 팔려갈 수는 없었어요. 일단 도망쳐 나오긴 했지만 갈 곳이 없었어요. 집에 숨어 있는 다는 것은 어리석은 짓이었어요. 그렇다고 경찰에 도움을 청할 수도 없었어요. 경찰에 알리면 모든 것이 백일하에 드러날 것이고, 그렇게 되면 제가 뭐가 되겠어요. 제 자신이 범법자인 주제에 누구한테 도움을 청하겠어요. 저는 구속될 것이고, 동료를 팔아먹은 뚜쟁이라고 지탄받겠지요. 아, 저는 어떡하나요. 누가 저를 구원해 줄 사람이 없을까요. 이 넓은 세상 천지에 이 몸 하나 숨길 데가 없을까요.

저는 주님께 기도하고 있습니다. 주님의 구원을 기다리고 있습니다.

가장 더러운 짓을 저질러 놓고 아쉬울 때만 주님을 찾는 이 염치없는 여자를 주님이여, 마음껏 꾸짖어 주시옵소서! 그러나 어떤 형벌도 달게 받겠사오니, 버리지 말아 주시옵소서.

만일 주님께서 저를 버리신다면 저는 이제 하나 밖에 남은 길이 없습니다. 그것은 주님에게 또 한 번 죄를 짓는 길이지만, 저에게는 그 길 밖에 다른 길이 없사옵니다. 오, 주님! 저를 버리지 마옵시고 이 추한 여자를 불쌍히 여기셔서 거두어 주시옵소서!—

〈나의 고백〉은 여기서 끝나 있었다. 동표는 일기장을 덮어두고 일어섰다. 시계가 새벽 3시 10분을 가리키고 있었다.

그는 불을 끄고 멀리 어둠에 잠긴 시가지를 바라보았다. 무서운 음모의 도시 위로 유성이 꼬리를 길게 그으며 떨어지는 것이 보였다.

그는 어둠 속에 서서 소름끼치는 적막에 가만히 귀를 기울였다.

〈나의 고백〉이 안겨준 충격에서 벗어나려고 했지만 마음대로 되지가 않는다. 그는 그 충격을 피하고 싶었다. 그러나 그럴수록 가슴은 흥분으로 떨리고 있었다. 그는 호흡이 거칠어지는 것을 느꼈다.

말없이 일기장을 돌려주고 그것을 못 본 것으로 하면 마음
은 편할 것이다. 그렇지만 그는 그럴 수가 없었다. 그런 식으로
살지 못하는 것이 그의 인간됨이었다.

이제 오애라의 죽음이 누군가에 의한 타살인 것은 의심할
나위가 없었다.

일본으로 팔려가기 직전 도망쳐 나온 그녀는 숨을 곳을 찾
아 전전하다가 자살을 기도했을 것이다. 그것이 내가 그녀를
처음 만난 크리스마스이브 때였다. 그 후 그녀는 N호텔 스카
이라운지에서 나와 만날 것을 약속했다. 그때 그녀는 N호텔
20층 19호실에 숨어 있었다. 이것이 그가 생각해 볼 수 있는
모든 것이었다.

그는 보이지 않는 무리들에 대한 공포와 증오감을 동시에
느끼면서 허공을 무섭게 쏘아보았다. 지난 15년 동안 직장 생
활을 하면서 망각의 늪 속에 내던져져 있던 정체를 알 수 없는
분노가 가슴 속에서 부글부글 끓어오르고 있었다.

"그러지 말고 덮어 둬."

그의 다른 한쪽은 이렇게 말하고 있었지만 그의 마음은 이
미 한 발 앞서 달리고 있었다.

'경찰에 사실을 알리고 너는 빠지는 거다. 그것이 세상살
이의 순서가 아닌가. 그 순서를 어기면 고난이 따르기 마련이
다. 구태여 남의 일에 참견할 게 뭔가?'

그는 고개를 저었다. 어두운 방안을 부유동물처럼 왔다 갔

다 했다. 분노와 긴장에 싸인 육체는 칼날처럼 시퍼렇게 일어서 있었다.

'흥, 남의 일이라고? 그건 위선자들이 자기 합리화를 위해 사용하는 가장 흔한 용어지. 아름다운 여자가 악의 무리들에게 살해당했는데, 그래 모른 체 하는 게 옳단 말인가?'

이튿날 12시경에 동표와 미라는 다시 만났다. 이번에는 사람들 눈에 덜 띄는 종로 뒷골목의 〈호반〉이라는 조그만 경양식집에서 만났다. 이제부터는 조심해야 할 필요가 있다고 생각했기 때문이다.

"모두 읽었습니다."

동표는 봉투에 담긴 일기장을 미라에게 내주었다.

"소중히 보관해 두십시오. 혹시 나중에 필요하게 될지 모르니까."

미라는 그것을 무릎 위에 가만히 올려놓았다.

"마치 악몽을 꾸고 난 것만 같습니다. 그런 일이 있을 수 있다니…… 도무지 믿어지지가 않습니다."

"저도 마찬가지 기분이었어요. 그 애가 그렇게 몹쓸 짓을 당하다가 죽었다고 생각하니 견딜 수가 없어요."

그녀는 조용히 말하고 있지만 표정 뒤에는 격렬한 증오의 감정이 소용돌이치고 있음을 알 수가 있었다.

"애라 양이 살해당한 것이 분명합니다. 앞으로 어떻게 하시겠습니까?"

그는 미라의 얼굴을 들여다보듯이 하고 물었다.

"덮어 두시든가, 아니면 파헤치든가 둘 중의 하나입니다."

"덮어 둘 수는 없어요!"

그녀는 결연히 말했다. 비로소 얼굴에 노여움이 나타나고 있었다.

"저도 마찬가지 생각입니다. 덮어 둬서는 안 됩니다! 누군가가 밝혀내야 합니다!"

그들의 시선이 뜨겁게 부딪쳤다. 그들은 처음으로 의견을 같이했고, 공동의 목표를 눈앞에 두고 있었다. 동표는 미라의 마음을 탐색하듯,

"경찰에 알리겠습니까?"

하고 물었다.

미라의 시선이 테이블 위로 떨어졌다. 그녀는 식은 찻잔을 내려다보다가 결심한 듯 고개를 쳐들었다.

"어제도 말씀 드렸지만 경찰에 알리고 싶지는 않아요. 경찰에 알리면 손쉽게 해결될지 모르겠지만…… 그렇게 되면 아무래도 매스컴에서 떠들 거고…… 그러면 애라는 뭐가 되겠어요. 그애는 죽어서도 다시 한 번 치욕을 입게 되겠지요. 온 세상이 떠들썩하게 말이에요. 전 그러고 싶지 않아요. 그 애는 꽃다운 나이에 죽어간 미지의 신데렐라로서 대중의 가슴 속에 남아 있다가 사라져야 해요."

"잘 알겠습니다. 그렇다면……"

동표는 이제 가장 중요한 말을 꺼내야 한다는 것을 알고 있었다. 그는 조심스럽게 말했다.

"애라 양을 죽인 범인을 혼자 찾아내시겠다는 겁니까?"

"……"

그녀는 대답 대신 그를 바라보았다.

"제가 생각하기에 상대는 한 사람이 아니라…… 강력한 범죄 조직인 것 같습니다. 한국 처녀들을 외국에 팔아먹는…… 이를테면 국제 매음 조직이라고나 할까요."

"아무리 상대가 강하다 해도…… 포기하지 않겠어요."

의자가 삐걱거렸다. 숨 막히는 긴장이 두 사람을 감싸고 있었다.

"여자 혼자서는 위험합니다. 그리고 외국처럼 사설탐정이 있는 것도 아닙니다."

"혼자서라도 찾아내겠어요!"

그녀의 결연한 말에 동표는 적이 놀랐다. 이윽고 그것은 감동으로 변했다. 그는 자기도 모르게 손을 뻗어 그녀의 손을 잡았다.

그녀가 놀란 듯이 그를 바라보자 그는 재빨리 말했다.

"좋습니다. 우리 함께 싸워 봅시다! 저는 이미 결심하고 있었습니다!"

그를 응시하는 그녀의 눈에 물기가 번지더니 이윽고 그것은 방울이 되어 볼을 타고 흘러내렸다.

"선생님은 관계하시지 않아도 될 일 아니에요? 그리고 바쁘실 텐데……"

그녀가 믿을 수 없다는 듯이 말했다.

그는 타는 듯이 붉은 입술과 그 사이에서 반짝이는 하얀 치아를 스치듯 바라보았다.

"확실히 저와는 무관한 사람의 일이겠지요. 그렇지만 저는 외면할 수가 없습니다. 외면해서도 안 되고요. 애라 양을 처음 만나던 지난 크리스마스 이브 때부터 이미 저는 이 일에 관계가 되었는지도 모르겠습니다. 어떤 운명 같은 것이 나로 하여금 그렇게 하도록 만들었는지도 모르지요. 마침 저는 실직자이기 때문에 시간도 많습니다. 혼자이기 때문에 자유롭고요. 여러 가지 점들이 이런 일을 하기에 적격 아닙니까?"

그는 미소했지만 어쩐지 서글픈 웃음이었다. 여자가 그의 허약한 체격을 염려하는 것 같은 눈치를 보였던 것이다. 그런 몸으로 범죄 조직에 도전할 수 있느냐고 그녀의 눈은 묻고 있었다. 그는 거기에 대답할 수가 없었다.

그래서 화제를 돌렸다.

"애라 양이 남긴 유물 중에 도움이 될 수 있는 것들을 찾아보십시오. 이를 테면 수첩이나 편지 같은 것 말입니다."

"네, 찾아보겠어요."

"수시로 전화 연락합시다."

"이건 선생님이 보관하고 계실 수 없을까요? 저희 집에는 남자가 없어서……"

그는 미라가 내민 애라의 일기장을 바라보다가 말없이 받아들었다.

밖에는 진눈깨비가 내리고 있었다.

미라와 헤어진 그는 큰 길로 나와 광화문 쪽으로 걸어갔다. 그때 누군가가 뒤에서 그의 어깨를 쳤다.

"실례합니다."

"후딱 돌아보니 검정 가죽 잠바 차림의 건장한 사나이로 색안경을 쓰고 있었다. 반사적으로 경계하면서,

"네, 왜 그러시죠?"

하고 물었다.

"잠깐 할 이야기가 있는데 저리 좀 갈까요?"

태도가 거칠었다. 불길한 예감이 들었지만 동표는 사나이를 따라 골목 안으로 들어섰다. 거기에 또 한 사나이가 기다리고 있었다.

"아까 그 여자하고 무슨 이야기 했지요?"

"그보다도 당신들은 누구요?"

그는 양편에 서 있는 두 사나이를 침착하게 바라보았다.

"묻는 말에 대답해. 무슨 이야기 했어?"

뚱뚱한 사나이가 반말로 물었다.

"말할 수 없어."

"말할 수 없어? 그건 뭐야? 이리 내봐!"

일기장을 뺏으려고 손을 뻗어오는 것을 홱 뿌리쳤다. 그 순간 얼굴로 주먹이 날아들었다.

"아이쿠!"

아파할 겨를도 없었다. 연달아 들어오는 주먹과 발길질에 그는 무릎을 꺾으며 땅바닥에 나뒹굴었다.

사랑의 길

동표가 눈을 뜬 것은 병원에서였다.

몸을 조금 움직이려고 하자 온몸에 격심한 통증이 밀려 왔다. 동표는 손을 들어 머리를 만져 보았다. 머리에 붕대가 감겨져 있었다.

"좀 어때요?"

제복의 사내가 눈에 들어왔다. 경찰이었다.

"정신이 들어요?"

"네……"

그는 가느다랗게 대답했다.

"신고를 받고 달려왔을 때는 이미 놈들이 모두 도망가고 난 뒤였습니다."

경찰은 사건 경위를 설명해 달라고 요구했다.

동표는 자신이 왜 구타당했는지 어느 정도 짐작이 가긴 했지만, 일체 모른다고 대답했다.

"모르다니, 그게 말이 됩니까? 아무리 깡패들이라 해도 무슨 이유가 있어서 때렸을 거 아닙니까?"

"글쎄, 갑자기 당한 일이라 모르겠습니다."

그가 한사코 부인하자 경찰은 입맛을 쩍 다셨다.

"이유 없이 맞았다, 이거죠? 좋습니다. 그자들 인상착의를 말씀해 주시죠."

"검정 가죽 잠바에 색안경을 끼고 있었습니다. 나이는 삼십대 정도…… 자세히는 모르겠습니다."

"전에 본 적 있나요?"

"처음 보는 사람들이었습니다."

동표는 비로소 오애라의 일기장이 생각이 났다. 그러나 그것은 이미 없어지고 난 뒤였다.

"없어진 게 뭐죠?"

경찰이 눈을 빛내며 물었다.

"책이었습니다."

"그놈들이 그걸 강탈해 갔나요?"

"강탈해 가지는 않았을 겁니다. 그런 걸 가져다가 뭐 하겠습니까?"

"그럼 그게 어디 갔죠?"

"어디 떨어졌겠죠."

"떨어진 거 못 봤는데……"

"누가 가져갔겠죠."

그렇게 말은 했지만 그는 가슴이 철렁 내려앉아 있었다. 일기장을 빼앗겼으니 큰일이 아닐 수 없었다.

경찰관이 가고나자 간호사가 들어왔다. 안경을 낀 예쁜 간호사였다. 동표가 상체를 일으키려고 하자 그녀는 얼른 그를 만류했다.

"움직이지 마세요."

"많이 다쳤나요?"

"네, 6주 진단이 나왔어요."

"이런 야단인데……"

간호사의 말을 듣고 나서야 그는 늑골이 세 개나 부러진 것을 알았다. 그뿐이 아니었다. 뒤통수에는 구멍이 나 있었고 콧잔등과 오른쪽 눈두덩은 시퍼렇게 부어올라 있었다. 모습이 말이 아니었다. 손 한 번 써보지 못하고 고스란히 얻어맞은 것을 생각하니 화가 나서 견딜 수가 없었다."

"댁으로 연락해 드릴까요?"

간호사가 달콤한 목소리로 물었다.

"우리 집에는 아무도 없습니다."

그는 미라를 생각했다. 그러나 자신의 그런 모습을 보이고 싶지 않았다.

그는 문병 와주는 사람 하나 없이 꼬박 사흘 동안을 혼자 쓸쓸히 병실에 누워 있었다. 외로운 것은 둘째 치고 답답해서 견딜 수가 없었다.

나흘째 되는 날 아침 그는 오 미라에게 연락을 취해야겠다고 생각했다. 상처가 낫기 전에는 만나고 싶지 않았지만, 오 미라에게 혹시 무슨 일이 일어나지 않았을까 하고 불길한 생각이 들었기 때문이다. 그뿐 아니라 일기장 건에 대해 조만간에 말해 주지 않을 수 없었던 것이다.

침대에서 가까스로 내려선 그는 간호사의 눈을 피해 복도로 나갔다.

공중전화가 있는 곳까지는 불과 10여 미터의 거리였지만, 거기까지 가는 데도 몹시 힘이 들었다.

미라는 집에 없었다. 그녀의 어머니로 생각되는 부인이 전화를 받았는데, 학교에 나가고 없다는 대답이었다. 학교 이름을 묻자 그녀는 주저주저하다가 겨우 이름을 대주었다.

그는 전화번호부를 뒤져 B여고의 전화번호를 알아낸 다음 학교로 전화를 걸었다.

미라는 학교에 있었다. 그의 전화를 받은 그녀는 소스라치게 놀라는 기색이었다.

"댁에 여러 번 전화했었어요."

그녀는 억눌린 듯한 목소리로 대답했다.

"미안합니다."

"무슨 일이 있었나요?"

"아, 네 뭐 별일은 아닙니다. 미라 씨는 별일 없었나요?"

그의 물음에 갑자기 침묵이 흘렀다. 동표는 가슴이 서늘하게 식어왔다.

"만나서 말씀 드리겠어요. 지금 어디 계신가요?"

동표는 머뭇거리다가 하는 수 없이,

"병원에 있습니다."

라고 대답했다.

그녀 몹시 놀라는 것 같았다. 일기장을 잃어 버렸다고 하면 더욱 놀랄 것 같아 동표는 입을 다물어 버렸다. 늘씬하게 얻어 터지고 일기장까지 빼앗겼다고 하면 그녀는 기막힌 나머지 생각을 달리 할지도 모른다.

더 이상 기대할 수 없을 정도로 약해 빠진 남자라는 것을 알면 모든 것을 포기하고 돌아서 버릴지도 모른다.

통화를 끝내고 난지 한 시간도 못돼 그가 들어 있는 병실 문을 두드리는 노크 소리가 들려왔다. 이어서 문이 열리고 미라의 모습이 나타났다.

가슴에 국화 꽃다발을 들고 있었다. 그는 상체를 벌떡 일으키다가 고통을 이기지 못해 얼굴을 잔뜩 일그러뜨렸다.

"그대로 계셔요!"

그녀는 놀랄 정도로 빠르게 다가와 꽃을 창가에 던져놓고 그를 부축했다.

겨우 일어나 앉은 그는 그녀를 보기가 민망해서 창가로 시선을 돌려 버렸다.

머리에 붕대를 감고 콧잔등에 커다란 반창고까지 붙인 그의 모습을 보고 그녀는 잠시 넋이 빠진 채 서 있었다.

"앉으시죠."

그가 먼저 어색한 분위기를 누그러뜨리려고 입을 열었다. 그녀는 침대 곁에 놓여 있는 나무의자에 가만히 앉았다.

"어쩌다가 그렇게 다치셨어요?"

"그보다 먼저 사과를 드릴게 있습니다. 이거 원, 뭐라고 말씀 드려야 할지……"

그는 한참 머뭇거리다가 마침내,

"그만…… 애라 양의 일기장을 잃어 버렸습니다."
라고 이야기했다.

"아니, 그게 무슨 말씀이세요?"

"……"

"어쩌다가 그걸 잃어 버리셨어요?"

"……"

동표는 자신의 두 손을 내려다보았다. 그것은 어느 때보다도 힘없이 처져 있어서, 마치 죽은 손 같았다. 어떤 식으로든 설명을 해야 할 것이라고 생각한 그는 고개를 슬그머니 들어

올리며 말했다.
 "며칠 전 종로에서 만났던 그날이었습니다. 미라 씨와 헤어져 광화문 쪽으로 걸어가는데 갑자기 어떤 낯선 사람이 나타나 나를 좀 보자고 하더군요. 그 사람을 따라 골목으로 들어서자 거기에 또 한 사람이 기다리고 있었습니다. 아마 우리가 만난 것을 알고 있었던 모양이에요. 처음에 무슨 말을 했느냐고 묻기에……"
 그는 몹시 쑥스러워하면서 그날 일어났던 일을 비교적 자세하게 설명해 나갔다.
 그가 이야기를 끝냈을 때 미라의 표정은 연민의 빛으로 가득 차 있었다.
 "그만하기 다행이군요."
 "정말 미안하기 짝이 없습니다. 일기장은 반드시 찾아내겠습니다."
 "그런 게 문제겠어요. 이미 없애 버렸을 텐데요, 뭐."
 "나쁜 놈들……"
 "그 사람들이 누군지 짐작 가시나요?"
 "짐작하다말다요. 애라 양을 살해한 그 조직의 하수인들일 겁니다. 미라 씨의 움직임을 주시하다가 우리가 만나는 것을 알고는 미행했을 겁니다."
 "그렇군요!"
 "이제 놈들은 우리가 무엇 때문에 만나고 있는지. 그리고 앞으로 우리가 무슨 일을 하려고 하는지 분명히 알게 됐습니다. 다시 말해 우리는 그들 앞에 완전히 노출된 상태에 놓였습니다."

그는 미라의 반응을 살폈다. 미라의 얼굴은 하얗게 굳어 있었다.

"그럼 어떻게 해야죠?"

"우리가 여기서 포기하지 않고 나간다면 놈들은 우리를 해치려고 들 겁니다. 조직을 보호하기 위해서 말입니다."

"해친다는 건"

"죽일지도 모릅니다."

그것은 무서운 말이었다. 동표는 그 말을 해 놓고야 비로소 그것이 얼마나 무서운 말인가를 깨달았다.

그들은 침묵과 긴장 속에 한동안 할 말을 잊고 있었다.

미라는 조그만 동요도 보이지 않고 앉아 있었다. 그렇게 앉아 있는 얼굴 모습이 흡사 석고 같았다.

한참 후 그녀가 침묵을 깼다.

"저한테도 전화가 걸려 왔었어요."

"무슨 전화가 말인가요?"

"어떤 남자가 걸어 왔어요. 왜 동생 일기를 들고 다니며 다른 사람한테 보이느냐고 그랬어요. 쓸데없는 짓 하면 가만 두지 않겠다고 협박하더군요. 경찰에 알리면 죽인다고 그랬어요. 저는 선생님이 그들한테 붙잡혀가서 일기장을 뺏긴 줄 알

앉어요."

"그런 것이나 다름없지요."

"선생님에 대해 꼬치꼬치 캐묻기에 모른다고 했어요."

"놈들은 일차로 경고를 해 온 겁니다. 다음에는…… 잔인하게 나오겠지요. 우리도 거기에 대비해서 준비를 하지 않으면 안 될 겁니다. 저는 아무래도 괜찮지만…… 미라 씨가 걱정입니다."

미라의 시선이 흔들렸다. 그녀는 걱정스러운 눈으로 그를 바라보았다.

"전 아무렇지도 않아요. 저보다도 선생님이……"

얻어터지고 일기장까지 빼앗긴 당신이 오히려 더 염려된다. 고 그 눈은 말하고 있었다. 당신같이 나약한 사람이 어떻게 싸운다는 것이에요. 동표는 얼굴이 확 달아올랐다.

"선생님이 앞장서서 일하시는 건 고맙지만 이 이상은 않게 좋겠어요."

"미라 씨야말로 그만 두셔야 합니다."

"아니에요. 저 오늘 학교에 사표 냈어요."

"아니, 왜요?"

"좀 더 적극적으로 일하기 위해서요."

조용하고 나직한 말이었지만 거기에는 거스를 수 없는 결의가 깃들어 있었다.

동표는 가슴이 뭉클 젖어 왔다.

"우리가 〈호반〉에서 한 약속을 나는 지킬 겁니다. 앞으로 나한테 포기하라는 말은 하지 마시오."

그는 어느새 성난 얼굴로 돌아가 있었다.

그의 갑작스런 변화에 미라는 숨을 죽이고 그를 가만히 바라보았다.

그날 이후로 동표와 오미라는 급속도로 밀착해지기 시작했다.

거기에는 그들의 공동의 목표를 향해 닻을 올렸다는 이유도 있었지만, 그에 못지않게 이성으로서의 감정이 크게 작용하고 있었던 것이다. 다만 애라의 죽음 앞에서 그 감정이 표면에 드러나지 않고 있을 뿐이었다.

미라는 매일 병실에 찾아와 동표를 극진히 간호함으로써 그에게 기울어지는 감정을 말없이 대신했다. 침대 위에 누워서 아름다운 여자의 간호를 받고 있는 동안 동표는 마치 황홀한 꿈을 꾸고 있는 것 같은 기분이었다. 그렇게 달콤한 시간을 보낸 적이 그에게는 일찍이 한 번도 없었다. 여자를 단순히 욕망의 대상으로만 상대해 온 그로서는 그와 같은 기분은 처음이었다.

그녀가 미소를 지으며 병실로 들어와 꽃병에 꽃을 꽂고 그의 곁에 다소곳이 앉으면 그는 그때부터 그녀의 몸에서 퍼지는 향기에 완전히 도취되는 것이었다.

열흘쯤 지나 동표는 퇴원했다. 완쾌했기 때문이 아니라 집에서 치료하기 위해서였다.
 두 사람만이 아파트에 있게 되자 미라의 간호는 더욱 정성스러워지고, 동표는 감정이 흐르는 대로 내버려 두었다.
 그러던 어느 날 그는 처음으로 그녀의 길고 섬세한 손을 두 손으로 감싸 쥐고 거기에 가만히 입을 맞추었다.

디자이너 洪

    의상실 〈인형의 집〉 주인이자 디자이너 홍 기는 점심을 먹다 말고 전화를 받았다. 상대는 여자였는데 목소리가 우아했다. 다짜고짜 좀 만날 수 없느냐는 거였다. 자신이 누구란 것도 밝히지 않는 것이 약간은 무례하게 생각되었다.
    "무슨 일로 그러시죠?"
    "만나서 말씀 드리겠어요. 아주 중요한 일이에요."
    "지금은 좀 바쁜데······"
    목소리만큼이나 얼굴도 예쁘면 좋겠다고 생각하는데 상대는 언제 보았다고 생떼를 쓰다시피 한다.

"아이 그러지 말고 좀 만나줘요. 부탁이에요. 아주 중요한 일이에요."

"도대체 무슨 중요한 일이기에?"

"선생님 생사에 관한 일이에요."

"내 생사에 관한 일이라고?"

"네, 그래요."

"누군지 모르지만 꽤나 웃기는군."

그는 이를 드러내고 한참 동안 웃었다.

시간과 장소를 약속하고 전화를 끊자 불쾌해서 견딜 수가 없었다. 괜히 약속했다는 생각이 들기도 했지만 한편으로는 호기심도 없지 않아 있었다. 어떤 계집애가 장난하는 거겠지. 건방진 년 같으니. 여자들을 상대하는 직업이니 만큼 별의별 여자들을 다 겪게 된다.

〈인형의 집〉은 최고급 의상실이다. 부르는 게 값이니 만치 돈으로 몸을 처바를 수 없는 사람은 밖에서 쇼윈도나 구경할 수밖에 없다. 따라서 고객의 대부분이 상류층 유한마담들이거나 그 딸들, 아니면 연예계의 내로라하는 인기인들이다.

그가 그러한 여자들을 끌어 모으는 데는 20년이란 긴 세월이 걸렸다. 고등학교를 졸업하고 먼 일가뻘 되는 여자가 경영하는 의상실에서 잔심부름을 할 때만 해도 그는 앞길이 꽉 막힌 불우한 신세였었다. 대학도 못가는 바에야 기술이나 배워야겠다고 생각한 그는 밤이면 학원에 나가 디자이너 수업을 쌓

왔다. 그때만 해도 남성디자이너가 전무하던 때였다.

홍 기는 미남에다 화술이 뛰어나고 붙임성이 있는 그는 피나는 노력 끝에 5년 후에 조그만 의상실을 하나 차릴 수가 있었다.

적응력이 강한 그는 도시 생활에 필요한 세련미를 갖추게 되었고, 고객들에게는 상품보다도 자신의 이미지를 심어 주는데 더 주력했다. 그의 전략은 맞아 떨어져서 날이 갈수록 사업은 번창해 나갔다. 사업이 번성하는 것과 함께 그도 유명해지기 시작했다. 사흘이 멀다 하고 파티에 어울리는 남성미를 가꾸는데 정성을 다했다.

그는 계속 노력했다. 은밀히 영어회화까지 배웠고, 교양서적도 틈틈이 읽어 화술을 한층 높였다. 누구나 다 그가 적어도 대학 정도는 나온 것으로 생각하게 되었다.

그는 몇 마디 말로 여자의 허영심을 적당히 자극해 줌으로써 신통치도 않은 옷들을 비싼 값으로 팔아먹을 수 있는 정도에까지 다다랐다. 그때는 이미 그에게도 일류라는 딱지가 붙었고 그는 거기에 어울리는 권위의식도 지니게 되었다.

이제 그는 여자들 사이에서 스타로 군림하게까지 되었고, 그것을 오래 유지하기 위해 마흔 넷인 지금까지도 독신으로 지내고 있었다. 독신이란 여자로 하여금 쉽게 연정을 품게 만드는 가장 매력적인 무기라고 할 수 있었다. 많은 여자들이 그에게 연정을 품었고 그는 그것을 잘 리드해 나갔다.

이제 그는 상호만 가지고도 손가락 하나 까딱하지 않고 호화스러운 생활을 유지해 나갈 수가 있었다. 공황이 불어 닥치고 있었지만 그의 의상실만은 계속 호황이었다. 호황에 상관없이 돈을 뿌리고 싶어 하는 상류층 고객들이 항상 그의 곁을 떠나지 않고 있었기 때문이다.

누굴까. 도대체 어떤 계집애가 또 꼬리를 치는 것일까. 그는 어깨까지 내려온 장발을 손질하며 거울 속의 자신을 들여다 보았다. 장발은 물이 들어 누런 황금빛이었다. 만일 장발을 걷어치운다면 광대뼈가 튀어나온 앙상한 얼굴이 그대로 드러날 것이다.

그것을 조금이라도 커버하기 위해 그는 코밑수염을 기르고 있었다. 그것은 함부로 자란 것이 아닌, 잘 다듬어진 수염이었다. 그 얼굴에다 그는 가는 검정 테의 안경을 끼고 있었다.

쌍꺼풀진 두 눈은 커 보였다. 눈빛은 노리끼리했고, 눈썹은 짙은 편이었다. 그 눈썹도 미장원에서 정기적으로 다듬고 있어서 그린 듯이 가지런해 보였다.

여자란 언제 보아도 싫지 않은 동물이었다. 새로운 얼굴, 새로운 육체, 새로운 섹스, 그건 정말 무궁무진하고 끝없는 거란 말이야. 그는 씩 웃으며 빨간 털 셔츠를 와이셔츠 위로 뒤집어썼다.

만나기로 약속한 장소는 길 건너편에 있는 〈달래〉라는 경양식 집이었다.

그는 약속 시간보다 10분 늦게 의상실을 나와 길을 천천히 건너갔다. 첫 번 만난 때는 부드럽게 대할 것, 그러나 결코 웃지 말 것. 그는 흑진주가 박힌 백금반지를 꺼내 왼손 무명지에다 끼었다.

그가 안으로 들어가자 모든 사람들의 시선이 그의 괴이한 모습에 쏠렸다. 그는 거만한 모습으로 그 시선들을 묵살하면서 실내를 둘러보았다.

실내에는 사람들이 반쯤 차 있었다. 실내장식이 우아한데다 요지에 자리 잡고 있어 비교적 교양미가 있어 보이는 손님들이 찾아드는 곳이었다.

구석구석 돌아보았지만 그를 보고 일어서는 여자는 없었다. 이런 제기랄.

그는 망설이다가 가운데 자리에 털썩 주저앉았다.

나비넥타이를 맨 종업원이 다가오자 그는 주스를 한 잔 시킨 다음,

"나 찾아온 손님 없었어?"

하고 물었다.

"예, 있어요. 아까부터 기다리고 계시는데요."

"어디?"

"저기 저, 남자분이요."

그는 종업원이 가리키는 구석 자리를 바라보았다.

초라해 보이는 한 사나이가 이쪽을 바라보며 담배를 피우

고 있었다. 창백한 인상이 왠지 기분 나빠 보였다.
"남자 말고 여자 말이야."
그는 퉁명스럽게 쏘아붙였다.
"여자는 모르겠는데요."
디자이너 홍은 사나이를 다시 바라보았다. 여전히 이쪽을 주시하고 있다. 웬 놈일까. 나를 찾아오다니, 이상한데, 저런 작자와 약속한 일은 없었는데, 웬 놈일까.
그가 나갈까 말까 망설이고 있을 때 사나이가 일어났다. 홍도 일어섰다. 사나이가 급히 다가왔다.
"실례합니다. 디자이너 홍 기 씨입니까?"
홍은 상대의 아래 위를 한번 훑었다.
"네, 그런데요?"
"잠깐 이야기 좀 할까요?"
사나이 말투는 매우 직선적이었다.
"누구시죠?"
"아까 전화했던 사람입니다."
"여자가 전화했었는데요?"
"네, 대신 왔습니다. 자, 앉으시죠."
홍은 얼결에 자리에 앉았다. 그리고 노골적으로 불쾌한 빛을 드러내며 인상을 그었다.
"도대체 무슨 일이죠? 난 바쁜 사람이니까 간단히 용건만 이야기 하시죠."

"네, 그러죠."

얼굴에 차가운 미소가 흐른다. 담배연기를 확 내뿜는다.

"아름다운 여자가 아니라 실망하셨겠습니다."

"무슨 말을 하는 거요?"

"당신이 아름다운 여자에만 집착하기 때문에 하는 말이요."

"뭐라고요? 당신 도대체 누구요?"

초라한 사나이의 당돌한 말에 홍은 화가 치밀었다. 그러나 상대는 여전히 차갑게 웃고 있었다.

"큰소리 내지 맙시다. 나야 괜찮지만 당신같이 유명한 사람이 창피를 당해서야 되겠소."

"당신이라니, 언제 봤다고 당신이야? 말조심해!"

"대접받고 싶거든 조용히 해!"

차가운 미소가 사라지고 대신 눈이 날카롭게 빛났다. 폐부를 찌르는 것 같은 눈빛이었다. 홍은 숨을 헉 들이켰다.

"용건 있으면 빨리 말해! 나한테 시비하는 거야?"

"시시하게 당신 같은 사람한테 시비나 걸려고 찾아온 게 아니야. 내가 깡패로 보이나?"

용건을 빨리 이야기 하지 않는 것이 이쪽이 화를 내기를 기다리는 것 같다.

"뭐야? 빨리 말해."

"성질이 꽤 급하시군."

"얻어터지기 전에 꺼져!"

홍이 벌떡 일어서자 사나이가 그의 손을 꽉 움켜잡는 힘이 아플 정도로 세었다.

"앉아! 앉으라고!"

상당한 중압감이 느껴지는 말이었다. 홍은 도로 자리에 털썩 앉았다.

"오애라 알지?"

"뭐라고?"

"여배우 오애라 말이야. N호텔에서 떨어져 죽은 여배우 말이야!"

"왜, 왜 그래?"

홍은 얼굴이 일순 창백해졌다. 그는 다급하게 안경을 밀어올렸다.

"묻는 말에 대답해! 알아 몰라?"

"아, 알지. 좀 알아. 그게 어쨌다는 거야?"

비로소 상대가 형사인지도 모른다는 생각이 들었다. 그는 적대감을 버리고 다소곳한 태도를 취했다.

"오애라를 N호텔에서 떨어뜨려 죽인 놈이 누구야?"

홍은 주위를 둘러보았다. 혹시 손님들이 그들의 대화를 엿듣지나 않나 해서였다.

"무, 무슨 말씀을 하는 거요? 난 도무지……"

"시침 떼도 소용없어. 증거가 다 있으니까."

"실례지만 경찰에서 오셨나요?"

"그런 건 알 필요 없어! 당신이 오애라를 죽였지?"

"뭐라고요? 생사람 잡지 마시오!"

홍은 기절할 듯 펄쩍 뛰었다.

"생사람 잡는다고? 홍, 당신을 살리고 죽이는 건 내 손에 달렸어. 요즘도 섹스파티를 열고 있나?"

"……"

"계속하고 있겠지. 그보다 즐거운 일이 없을 테니까 말이야. 환각상태에서 새파랗게 젊은 미인들과 혼음하는 쾌감이야 어디다 비하겠나. 안 그래?"

"무, 무슨 말을 하는 거요? 사람을 뭐로 알고 그런 말을 하는 거요?"

홍의 목소리는 잔뜩 떨리고 있었다.

"뭐로 아느냐고? 마약중독자에, 매음 조직의 일원이라고 하면 대충 어울리는 표현이 되겠지."

"닥쳐! 당신 경찰 아니지?"

"오애라를 농락하고 나서 넘긴 곳이 어디야? 그 요정 이름 말이야. 마담 이름까지 말해주면 더욱 좋지. 자리를 옮길까? 더 조용한 곳으로 말이야."

"미쳤군."

"반반한 여자들을 낚아서는 야욕을 채운 다음 요정에 넘기고, 요정에서는 실컷 피를 빨아먹은 다음 일본으로 팔아넘기고 아주 대단한 조직이야. 가장 더러운 조직이고 말이야. 보스한테 전해줘. 나한테 손찌검한 거 잊지 않는다고 말이야."

홍은 더 이상 참지 못하고 벌떡 일어섰다.

"미친 놈······"

사나이도 뒤따라 일어섰다. 그는 카운터에서 재빨리 계산을 치른 다음 홍의 뒤를 따라 나갔다.

두 사람은 길 복판에서 서로 노려보았다.

"살고 싶으면 속 시원히 털어놔. 만일 그렇지 않으면 갈기갈기 찢어 버릴 테다! 알았지? 신문에 터뜨릴까? 다음에 만날 때는 그 머리를 좀 깎아! 구역질나서 혼났어."

"이 새끼 정말······"

홍은 주먹을 부르쥐고 부들부들 떨다가 의상실로 뛰어 들어갔다. 그는 한참 동안 숨을 몰아쉬며 서 있다가 전화통을 끌어 당겨 수화기를 집어 들었다. 급히 다이얼을 돌리다가 무심코 쇼윈도 쪽을 바라보니 그 사나이가 그 때까지도 가지 않고 서서 안을 들여다보고 있지 않은가! 사나이는 그 차가운 미소를 흘리며 이쪽을 바라보고 있었다.

독거미

"마담, 문제가 생겼습니다!"
디자이너 홍은 숨 가쁘게 말했다.
"무슨 문제인데요?"
느린 목소리가 수화기를 통해 들려왔다.
"어떤 놈이 공갈협박을 하더군요. 우리 관계를 알고 말입니다."
"저는 무슨 말씀을 하시는지 잘 모르겠네요. 자세히 좀 말씀해 보세요."
"그러니까…… 저보고 반반한 여자애들을 요정에 팔아넘

졌다는 겁니다. 그러면서 요정 이름과 마담 이름을 대라는 거였어요."

"그래, 말했나요?"

"원, 무슨 그런 말씀을…… 제가 그런 말을 할 리가 있겠습니까."

"뭐 하는 사람이던가요?"

여자의 목소리가 차츰 날카로워 지고 있었다. 홍은 이마에 번진 땀을 닦았다.

"그건 잘 모르겠어요. 처음에는 형사인 줄 알았는데, 그런 것 같지도 않아요. 한 마흔쯤 된 비쩍 마른 놈이었는데 아마 죽은 오애라에 대해 조사하고 있는 것 같았어요."

"오애라?"

"얼마 전에 호텔에서 떨어져 죽은 애 말입니다."

"아, 알겠어요. 그 애 죽은 거 하고 무슨 상관이 있다는 거예요?"

"글쎄 말입니다. 제가 알기로는 오애라가 투신자살한 걸로 알고 있는데……"

"그래요, 맞아요. 저도 신문에 난 거 봤어요."

"그런데 그자는 오애라가 살해된 것처럼 이야기하더군요. 그러면서 저보고 죽이지 않았느냐고 묻더군요. 나 원, 기가 막혀서…… 사실 그 애 하고 좀 놀긴 놀았지만……"

"별 해괴한 놈이 다 있군요. 그래 가만 뒀어요?"

"성질 같아서는 죽여 버리고 싶었지만 참았습니다. 그리고 그 자식이 이상한 말을 하더군요."

"무슨 말인데요?"

"뭐라더라. 응, 이러더군요. 오애라 같은 반반한 애들을 실컷 농락하고 나서 제가 요정에 넘겼다는 거예요. 그게 어디 넘긴 겁니까? 제 발로 걸어 들어간 거지. 그리고 또 이러더군요. 제가 애들을 요정으로 넘기면 요정에서는 피를 실컷 빨아 먹은 다음 일본으로 팔아 넘겼다는 거예요. 그러면서 저를 보고 매음 조직 일원이라고 하지 않아요."

"미친놈이군요."

"네, 미쳐도 단단히 미친놈입니다."

"가만 둬서는 안 되겠어요."

"네, 다음에 또 나타나서 그 따위 말을 하면 정말 혼을 내야겠습니다."

"이곳을 가르쳐 줘서는 안 돼요. 귀찮으니까."

"염려 말아요, 마담. 그리고 혹시 그애들을 일본으로 넘기지 않았죠?"

"어머, 우리 플레이보이께서도 이젠 돌았나봐. 여자들한테 너무 진을 빨려서 그런 거 아니에요? 몸조심해요."

"농담으로 해 본 겁니다."

"농담이라도 그런 말은 삼가세요."

"미, 미안합니다. 한번 놀러 오십시오."

독거미 · 123

"가야죠. 옷 맞출 것도 많은데, 시간이 있어야지."
"오십시오, 칼라 좋은 것 많이 들어왔습니다."
"그래요. 한번 갈게요."
"거기도 괜찮죠?"
"아이, 안 그래요. 요새는 손님이 삼분의 일로 줄었다고요. 요즘 같아서는 다 집어치우고 싶어요."

그는 몇 마디 더 지껄인 다음 전화를 끊었다.

소파에 깊이 몸을 묻고 담배를 피우면서 그는 생각에 잠겼다. 아무래도 마음이 놓이지 않는다. 아까 그 놈은 섹스 파티를 벌인 것까지 알고 있다.

환각상태에서 난교(亂交)를 즐긴 것은 사실이다. 그런데 그것을 어떻게 알았을까. 놈은 나를 마약 중독자에, 엽색가에, 매음 조직의 일원이라고 말했다. 매음 조직의 일원이라는 것만 빼면 맞는 말이다. 그러고 보면 나의 비밀에 대해서 꽤 자세히 알고 있는 놈이다. 뭐 하는 놈일까. 만일 비밀이 경찰에 알려진다거나 신문에 터지면 큰일이다. 하루아침에 나는 파멸하겠지.

홍은 그제야 그자를 붙잡고 늘어붙지 않은 것이 후회가 되었다. 돈이 좀 들더라도 입을 막아놓을 필요가 있었다. 돈으로 살 수 없는 것이 이 세상에 어디 있는가. 그는 돈의 위력을 절대시 하고 있었다.

계속 식은땀이 나더니 마침내 몸이 떨리기 시작한다. 그는 벌떡 일어나 문을 걸어 잠그고 문갑서랍을 열쇠로 연 다음 그 속에서 조그만 플라스틱 상자를 꺼냈다. 뚜껑을 열자 주사기와 투명한 색깔의 액체가 담겨 있는 앰풀이 몇 개 들어 있었다. 하나에 만 원씩 하는 비싼 것이었다.

줄 톱으로 꼭지를 잘라낸 다음 주사기에 약을 넣었다. 왼팔 소매를 걷어붙이자 온통 푸르딩딩한 빛이다. 어금니를 깨물고 주사바늘을 꽂았다. 주사기를 잡고 있는 손이 바들바들 떨고 있었다.

잠시 후 그는 비스듬히 누워 눈을 감았다. 환상 여행에 들어선 것이다.

식당을 나온 남녀는 길에 서서 잠시 마주보았다. 불빛에 드러난 여자의 얼굴이 유난히도 하얗게 보였다.

"가겠어요."

여자가 말했다.

"바래다주지."

남자가 말했다.

"괜찮아요."

여자가 머리를 흔들었다.

"그 전과는 상황이 다릅니다."

남자가 염려하는 듯한 표정을 지었다.

"괜찮아요."

여자가 돌아서려고 했다. 남자는 손을 뻗으려다가 그만 두었다.

"그럼 조심해서 가요."

"네, 알았어요."

여자는 몸을 홱 돌리더니 뛰다시피 걸어갔다.

동표는 미라의 모습이 사라질 때까지 거기에 서 있다가 천천히 돌아섰다.

동표와 헤어진 미라는 갑자기 허전함을 느꼈다. 전에는 그렇지 않았다. 그런데 요즘에 와서는 헤어질 때마다 허전한 기분이 가슴에 와 닿곤 한다. 웬일일까. 사실 그가 바래다주었으면 했다. 그러나 아직은 어쩐지 그런 친절을 받아들이고 싶지 않았다. 왠지 그와의 관계가 이상하게 시작되어 갑자기 불붙는 것 같았기 때문이다. 상대는 마흔 줄에 들어선 외로운 사람이다. 더구나 이렇다 할 직장도 없는 막연한 사람이다. 그런 사람이 동생의 죽음에 관심을 가지고 뛰어들고 있는 것이고, 그것 때문에 나는 그를 만나고 있는 것에 불과하다. 굳이 그렇게 생각하고 있으면서도 그녀는 마음이 흔들리고 있는 것을 어찌할 수가 없었다. 이런 것이 애정이라는 걸까. 아니야. 아닐 거야. 그녀는 고개를 저으면서 길가에서 택시를 세우기 위해서 손을 들었다.

그의 말대로 조심할 필요는 있었다. 그래서 그녀는 안전을 기하기 위해 택시를 타기로 한 것이다.

그로부터 30분쯤 지나 그녀는 택시를 내렸다. 합승이었기 때문에 아파트까지 가지 못하고 차도에서 내린 것이다. 차도에서 아파트까지는 천천히 걸어 10분 거리였다.

그녀는 옆길로 들어섰다. 차가 두 대쯤 비켜 다닐 수 있는 넓이의 골목이었다. 양편에는 주택이 들어서 있었다. 그 길을 곧장 따라 올라가면 그 끝에 아파트가 있었다.

골목을 10여 미터쯤 걸어갔을 때 차가 한 대 서 있는 것이 보였다. 불이 꺼져 있어서 안은 보이지 않았다.

그녀가 차 옆을 막 지나치려고 했을 때 문이 벌컥 열리면서 두 남자가 밖으로 뛰어나왔다.

"오미라 씨죠?"

앞뒤에서 그녀를 막으며 한 사나이가 물었다.

"네, 그런데요?"

그녀는 순간적으로 동표가 한 말이 생각났다.

"경찰인데 좀 갑시다."

그녀가 보기에 그들은 경찰 같지는 않았다. 앞에 선 자가 수갑을 꺼내 보였다.

"왜, 무슨 일로 그러세요? 경찰이면 집으로 찾아올 것이지……"

뒤에 서 있던 자가 갑자기 그녀의 목을 휘어 감았다.

"사람 살려요!"

소리쳤지만 목이 막혀 아무 소리도 나오지 않았다. 앞에서 있던 자가 몸부림치는 그녀를 후려 갈겼다. 그녀는 복부에 일격을 맞고 무릎을 꺾었다.

주위에 지나가는 사람 하나 없었다. 어두운 골목에서 불과 몇 분 사이에 일어난 일이라 쉽게 눈에 뜨일 리도 없었다. 그녀는 뒷자리에 구겨지듯 처박혔다. 양쪽에서 팔을 움켜쥐고 있어서 탈출은 불가능했다.

골목을 빠져나온 차는 속력을 내어 달리기 시작했다.
"소리 내면 찔러 버릴 테다!"
잭나이프의 날카로운 끝이 눈앞에서 빛을 뿜자 그녀는 경련을 일으키면서 숨을 죽였다.
"어디로 가는지 알려고 하지 마!"
우악스런 손이 그녀의 뒷덜미를 움켜잡더니 허벅지 위로 그녀의 머리를 처박았다. 그리고 머리에다 잠바를 덮어 씌웠다. 사내의 사타구니 사이에 얼굴이 처박힌 그녀는 숨이 막혀 허덕거렸다.

손 하나가 미끄러져 들어오더니 그녀의 젖가슴을 주무르기 시작했다. 그녀는 바들바들 떨며 몸을 내맡기고 있었다. 정신을 차려야 한다. 정신을 잃어서는 안 된다. 그녀는 이를 악물고 숨을 몰아쉬었다.

이번에는 스커트를 걷어내더니 엉덩이 쪽으로 손을 넣어 그녀의 음부를 쓰다듬기 시작한다. 거치적거리는 것은 나이프로 찢어버린다. 둥글게 드러난 엉덩이가 차의 흔들림에 요동을 치자 그들은 킬킬거렸다.

"엉덩이 하나 되게 크네."

"요년 남자깨나 울리겠어."

"요런 년을 조져 버려야 해."

"오늘 밤 몸 좀 풀겠는데……"

나는 죽었구나, 하고 그녀는 생각했다. 몸이야 어찌 되든 상관없었다. 그런 것은 생각 밖이었다. 죽는다는 것만 생각하고 있었다. 그것은 너무도 절대적인 공포였다.

차가 튀는 것으로 보아 아스팔트길을 벗어난 것 같았다. 흔들림 더해지고 있었다.

차에서 내린 그녀는 여전히 잠바를 덮어쓴 채 숲속 오솔길을 한참 올라가 어느 집으로 끌려 들어갔다. 생각에 교외에 자리 잡은 별장 같았다.

소파에 동댕이쳐졌을 때에야 그녀의 머리에서 잠바가 벗겨져 나갔다. 세 사람의 사내들이 무서운 눈으로 그녀를 내려다보고 있었다. 머리에 구멍 뚫린 검은 자루를 쓰고 있어서 세 사람의 얼굴을 알아볼 수가 없었다. 자루의 윗부분에는 독거미 그림이 그려져 있었다. 그녀는 소름이 끼친 나머지 기절할 것 같았다.

실내에는 아무 장식도 없었다. 소파와 침대가 한편 벽 쪽에 놓여 있었다.

"우리는 너한테 경고했어. 쓸데없는 짓하지 말라고 말이야. 왜 말을 안 듣지?"

　다시는 그러지 않겠다, 제발 목숨만 살려주면 절대 그러지 않겠다. 이렇게 말하고 싶었지만 그녀는 입이 떨어지지가 않았다.

　"네 동생은 자살한 거야. 그렇게 알면 되는 거야. 헌데 너는 왜 그 자식을 만나서 일기장을 보여주고 둘이 붙어 다니는 거야?"

　"너 같은 걸 죽여서 땅에 묻어 버리면 되는 거야. 쥐도 새도 모르게 죽일 수가 있어."

　"아…… 안 그러겠어요."

　그녀는 비로소 처음으로 입을 열었다.

　"너와 붙어 다니는 그 자식은 뭐하는 놈이야?"

　"……"

　"이 쌍년이 시간 걸리게 만드네."

　머리가 휙 들어가도록 뺨에 충격이 가해졌다.

　"안 되겠어. 옷 벗어! 안 벗으면 찢어 버릴 테다!"

　다가오는 칼을 보자 그녀는 절로 몸이 일으켜졌다.

망각의 저편

오미라는 난생 처음 여러 남자 앞에서 벌거벗었다.
"꿇어 앉아!"
그녀는 땅바닥에 꿇어앉았다.
완전 나체가 되어 꿇어 앉아 있었지만 이상하게도 수치심 같은 것은 일지 않았다. 그런 기분을 느끼기에는 공포감이 너무 컸던 것이다.
여섯 개의 눈동자들이 이글이글 타오르며 나체를 감상하느라 실내에는 한동안 긴장감이 감돌고 있었다.
살아야 한다! 그녀는 계속 그런 생각만 하고 있었다. 강간

따위가 문제가 아니었다. 남자의 섹스에 대해서 그녀는 어느 정도 알고 있는 편이었다. 대학 재학 때에 그녀는 자기보다 스무 살이나 더 많은 40대의 어느 유부남과 일 년 동안 뜨거운 관계를 가진 적이 있었다. 질투와 갈등이 뒤섞인 괴로운 관계였지만 아무 조건 없이 그를 사랑했었고, 그에게 모든 것을 아낌없이 바쳤었다.

그녀가 섹스를 통한 사랑의 유희를 배운 것은 그 유부남으로부터였다. 더구나 그는 좋은 신체 조건을 지닌 데다 섹스를 스포츠처럼 즐기는 사람이었다. 그런 남자로부터 일 년 동안 섹스를 배웠으니, 그녀가 적어도 숫처녀의 공포 같은 것을 느끼지는 않은 것은 하등 이상할 것이 없었다.

그녀는 이미 그들이 강간하려 든다면 잠자코 응해 줄 생각을 굳히고 있었다. 목숨을 바쳐 정조를 지킬 생각은 조금치도 없었다. 어떻든 목숨을 구해야 한다는 생각밖에 없었다.

"좋은 몸이다, 훌륭해. 그런 몸에 상처내고 싶지는 않아. 그렇지만 묻는 대로 대답하지 않으면 몸을 갈기갈기 찢어 버릴 테다!"

한 사람이 손을 뻗더니 젖꼭지를 잡아 비튼다. 풍만한 가슴이었다.

그녀는 고통에 못이겨 신음했다.

"그놈이 누군지 말해! 말하지 않으면 젖꼭지를 하나씩 떼어 버릴 테다!"

칼을 들이대자 그녀는 마침내 더 버티지 못하고 굴복했다.

"말하겠어요! 제발 칼 치워요!"

그들은 칼을 치우고 그녀가 진정할 때까지 기다렸다.

"이동표라는 사람이에요."

"직업은?"

"무직이에요."

"나이는?"

"잘 몰라요. 마흔쯤 됐을 거예요."

"그자하고 어떤 관계야?"

"아무 관계도 아니에요."

"애인이야?"

"아니에요."

"왜 그자가 설치고 다니는 거지? 오애라가 죽은 거 하고 무슨 상관이야? 왜 그래? 이유가 뭐야? 언제부터 알았지?"

"얼마 안 됐어요."

"……"

"애라 때문에 알게 된 거예요."

그녀는 이동표를 알게 된 경위를 숨김없이 이야기했다. 하는 수 없는 일이었다. 그녀는 너무 무서웠던 것이다.

"그래서 그자와 함께 애라를 죽인 범인을 찾겠다고 나선 것인가?"

"네……"

"애라가 살해되었다고 믿고 있나?"

"네……"

"앞으로는 조사할 생각 하지 마! 죽은 사람은 이미 죽은 사람이야! 자살했다고 생각하면 그만 아니야?"

"네, 알았어요."

"앞으로 그 자식 만나지 마! 알았어?"

"네, 알았어요. 절대 안 만나겠어요."

그녀는 눈물을 흘리며 애걸했다. 비참했다.

"그 자식 주소 어디야?"

모른다고 하면 자신을 고문할 것이다. 그녀는 머뭇거리다가 말했다.

"E동에 있는 독신자 아파트……"

"몇 동 몇 호야?"

"2동 509호예요."

"전화번호는?"

"555국에 08-7241이에요."

"좋아, 지금까지 말한 내용 중 만에 하나라도 거짓말이 있으면 너를 가만두지 않을 테다! 확인해보면 그쯤은 즉시 알 수 있어!"

"거짓말 하지 않았어요!"

"좋다! 이미 약속했으니까 너를 죽이지는 않겠다! 그 대신……"

그녀는 가장 큰 고비를 넘겼다는 생각에 가만히 안도의 한숨을 내쉬었다. 그러나 시련이 끝났다고 생각하기에는 너무 일렀다.

"그놈한테 전화를 걸어 줄 테니까 이야기하라고. 지금 납치 되었는데 앞으로 손을 떼지 않으면 두 사람 목숨이 위험하다고 말해! 살려달라고 애걸하란 말이야!"

한 녀석이 정말 이동표의 집으로 전화를 걸었다. 이윽고 대화가 시작되었다.

"아, 이동표 선생이시오?"

"……"

미라는 동표의 목소리를 들을 수가 없어 안타까웠다.

"여기는 시내 모처다. 오미라는 우리가 데리고 있다."

"……"

"너무 그렇게 흥분하지 마. 앞으로 오애라의 죽음에 대해 조사하지 마. 그것만이 오미라를 살릴 수 있는 길이다. 경찰에 신고해서도 안 돼. 우리는 너의 움직임을 낱낱이 알고 있으니까 지금 당장 손을 떼도록 해. 오미라는 당분간 우리가 데리고 놀겠다. 아주 섹시한 여자야. 잠깐만 기다려."

"……"

오미라는 떨리는 손으로 수화기를 받아들었다.

"여, 여보세요……"

"아, 미라!"

거친 숨결이 들려왔다. 그녀는 공포와 비탄으로 입이 잘 떨어지지가 않았다.

"거, 거기 어디요?"

"잘 모르겠어요. 조심하세요."

"다친 데는 없소?"

"네, 아직…… 저는 괜찮아요. 선생님도 이제 아무 일도 하지 말아요. 앞으로 우리 만나지도 말아요. 약속해요. 그렇지 않으면……"

"알았소! 그 일은 포기하겠소! 우선 그놈들이 시키는 대로 하시오! 너무 겁먹지 말고 용기를 내요! 곧 구해줄 테니 기다려요!"

수화기를 낚아채는 바람에 그들의 대화는 끊어졌다.

"자, 이제 즐기는 것만 남았다. 너 숫처녀 아니지?"

그녀는 고개를 끄덕였다. 이미 한 녀석이 옷을 벗고 있었다. 소름이 쭉 끼쳤다.

"그럼 됐어. 숫처녀는 사실 맛이 없단 말이야. 살려주는 대가로 너도 우리들한테 봉사해야 해. 몸과 마음을 다 해 봉사해야 한단 말이야. 알았어?"

"……"

그녀는 야수들 앞에 떨고 있는 한 마리 토끼 같았다. 아무리 둘러봐도 탈출할 구멍은 없었다. 무시무시한 가면의 사나이들만이 그녀를 노리고 있을 뿐이었다.

"왜 대답이 없어? 봉사할 거야. 안 할 거야?"

만일 거부한다면 강제로 그 짓을 하겠지 차라리 자진해서 듣는 편이 고통이 덜 할지도 모른다.

"봉사하겠어요."

"좋아, 그럼 침대에 가서 누워 있어."

그녀는 시키는 대로 위로 올라가 누웠다. 천정을 바라보자 갑자기 뜨거운 눈물이 비 오듯이 쏟아지기 시작했다. 그들 세 사람은 가면만 남겨둔 채 한꺼번에 옷들을 벗었다. 그리고 굶주린 야수처럼 으르렁거리며 그녀에게 달려들었다.

한편 동표는 미칠 것만 같았다. 미라가 사내들에게 납치되어 무참히 짓이겨지고 있다고 생각하니, 가슴이 갈가리 찢어지는 것만 같았다.

자신의 위험 따위는 아무래도 좋았다. 연약한 여자에게 그런 위험이 닥쳤다는 것이 견딜 수가 없었다. 경찰에 신고할까 말까 망설이면서 그는 몇 번이나 수화기를 들었다가 놓고는 했다. 경찰에 신고한다고 해서 그녀가 즉시 구출될 것이라는 보장은 없었다. 오히려 그렇게 되면 그녀의 생명이 위험해 질 가능성이 더 컸다.

분노와 증오에 사로잡힌 그는 밤을 뜬 눈으로 지새운 대음 아침을 지어 먹었다. 배가 고프면 아무것도 할 수 없기 때문에 억지로 밥 한 그릇을 다 먹어치웠다.

사람이 하룻밤 사이에 전혀 다른 모습으로 변할 수도 있다는 것을 그는 보여주고 있었다.

그는 분명 어제의 그가 아니었다. 어제까지만 해도 그는 어깨가 축 처진 보잘 것 없는 초라한 중년 사내에 불과했었다. 바람만 불어도 넘어질 것 같은 나약한 모습에 미라는 얼마나 불안한 눈치를 보였던가. 그러나 밤새에 그는 완전히 새로운 사람으로 변신하고 있었다. 그 나약하고 헐렁헐렁해 보이던 모습은 자취를 감추고 그는 돌처럼 차가운 인상의 사나이로 돌변해 있었다.

누구에게나 귀중한 과거가 있기 마련이다. 그에게도 그런 과거는 있었다. 그는 그것을 망각 속에 영원히 묻어두고 싶었다. 그것을 다시는 되살리고 싶지가 않았던 것이다.

그러나 지금 어떤 상황이 그로 하여금 과거의 무기를 사용하도록 강요하고 있었다.

1965년 그는 장교로 월남전에 참가했다. 그는 특수부대 소속이었다.

미군과 혼성팀을 이룬 그 특수부대는 적지에 침투해서 작전을 수행해야 하는 매우 위험한 부대였다. 일반적으로 생각할 수 있는 유격훈련 정도로는 그런 작전을 수행할 수가 없었다. 수개월에 걸쳐 인간 능력의 뛰어넘는 무서운 훈련을 받은 그는 전신이 온통 살기로 차 있었다.

몸 전체가 온통 하나의 무시무시한 살인무기로 둔갑한 것이다. 일격에 사람을 때려죽일 수 있는 능력을 갖춘 그는 정글에 투입되어 게릴라 활동을 벌였다.

그것은 쫓고 쫓기는 생활의 연속이었다. 죽음을 친구처럼 달고 다니지 않으면 공포를 벗어날 수 없었다. 상대를 죽이지 않으면 자신이 목숨을 바쳐야 하는 것이다. 정글의 늪 속에 숨어 사흘 밤낮을 거머리 떼에 뜯기며 지낸 따위는 하나의 평범한 경험에 지나지 않았다. 시체 속에 싸여 몇 날밤을 지새우는 경우도 허다했다. 그런 피비린내 나는 생활이 거의 1년 동안이나 계속된 뒤에야 그는 귀국할 수 있었다. 신의 가호인지 그는 부상 하나 입지 않았다.

제대와 함께 그는 과거를 망각 속에 묻어버리고 평범한 소시민으로 재출발했다. 어느 경우에도 그는 과거의 편린을 엿보지 않았다. 그에게 있어서 그것은 악몽이었으니까.

그러나 이제 그는 과거의 게릴라 요원으로 돌아가 있었다. 겉에 평복을 입었다 뿐이지 그의 전신은 칼날처럼 날카롭게 일어서 있었다. 적이 손에 닿기만 하면 금방이라도 때려죽일 것 같았다.

밖으로 나온 그는 어느 백화점을 찾아갔다. 5층의 등산 코너로 가서 접고 펼 수 있는 칼을 하나 구입했다. 특수 강철로 된, 끝이 날카로운 칼이었다.

다음에 그가 찾아간 곳은 디자이너 홍이 경영하는 〈인형의 집〉이었다. 다짜고짜 문을 거칠게 밀고 안으로 들어서는 그를 보고 홍은 벌떡 몸을 일으켰다. 안에는 두 사람의 종업원들도 있었다.

"조용히 할 이야기가 있는데……"

부드러운 말투에 홍은 그의 입을 막아야겠다고 생각했는지 선선히 응했다.

"좋아, 그렇지 않아도 만나려고 했었어."

홍은 동표를 2층에 있는 별실로 안내했다. 방으로 들어서는 것과 함께 동표는 재빨리 문을 걸어 잠근 다음 홍의 복부를 걷어찼다.

"아이고, 나 죽네!"

일격에 나가떨어진 홍은 카펫 위를 떼굴떼굴 구르며 죽는 시늉을 했다.

"조용히 해! 소리치면 찔러 죽일 테다!"

칼을 뽑아든 동표는 계속 상대의 몸뚱이를 걷어찼다. 홍도 생각을 달리하고 의자를 집어 들었으나 헛수고였다. 옆구리를 세차게 얻어맞은 그는 구석에 걸레처럼 구겨졌다.

비밀 요정의 김 마담

    디자이너 홍은 부들부를 떨면서 공포에 질린 눈으로 상대방을 바라보았다.
    아무리 이를 악물고 침착해 지려고 기를 써보았지만 헛수고였다. 왜 이렇게 몸이 떨릴까. 그는 사시나무처럼 떨어대는 몸을 주체할 수가 없었다. 자기 몸뚱이가 마치 자기와는 상관없는 다른 사람의 몸뚱이처럼 생각되는 것이었다.
    저 사람의 어디에 그런 무시무시한 힘이 있을까. 겉으로 보기에 말라빠진 당나귀 같은 놈이 그야말로 살인적인 힘을 가지고 있다. 그뿐이 아니다. 포악성까지 지니고 있다.

상대방의 눈이 살기로 번득이고 있는 것을 보고 그는 전율했다. 그 눈초리에 뼈까지 녹아드는 것 같았다.

잠시 후 그는 멱살이 잡혀 끌어 올려졌다. 숨이 막혀 캑캑거렸고, 무서워 견딜 수가 없었다.

"살려주시오! 시키는 대로 할 테니 제발!"

그는 다시 동댕이쳐졌다. 머리를 벽에 세게 부딪치는 바람에 한동안 정신이 몽롱했다. 안경이 박살나고 코에서는 피가 줄줄 흘러내렸다. 맞서 싸운다는 것은 이제 생각조차 할 수 없었다. 상대는 너무도 막강했다.

"살려주시오! 잘못했으니 살려주시오!"

"오미라는 어디 있지?"

"오, 오미라가 누굽니까?"

"이 새끼가!"

말과 함께 구둣발이 턱으로 날아왔다. 턱이 박살나는 것 같았다.

"오미라는 어디 있어? 빨리 오미라가 있는 곳으로 나를 안내해!"

"오미라가 누굽니까? 전 정말 모릅니다! 맹세코 그런 사람 모릅니다!"

"오미라는 애라의 언니야! 어젯밤 납치됐어!"

"저, 정말 모르는 일입니다! 하늘에 맹세코……"

"닥쳐! 너희들 아지트가 어디야?"

"오해를 하시는 것 같은데…… 그, 그런 건 없습니다. 전 다만 디자이너에 불과합니다."

"이 기생오라비 같은 놈아! 네가 유명하다는 거 누가 모를까봐 그래!"

갑자기 그의 손이 홍 기의 긴 머리카락을 움켜쥐었다. 다른 한 손은 장식장 위의 가위를 집어 들었다.

"아, 안됩니다!"

"이 새끼, 가만있어!"

장발은 순식간에 잘려 나갔다. 그는 거침없이 머리칼을 잘라버렸다. 머리가 모두 잘려 나가는 동안 홍은 비참한 모습으로 오들오들 떨어대고 있었다. 그래도 그는 그것이 죽는 것보다 낫다고 생각하고 있었다.

"비밀 요정 위치와 마담 이름을 대! 이번에는 모른다고 못 하겠지."

"마, 말씀 드리겠습니다. 그 여자는 김 마담으로 통하고 있습니다. 이름은 김보미(金寶美)구요. 문어라는 별명은 아는 사람만 알고 있습니다."

"문어?"

"네, 문어 같이 빠는 힘이 세다고 해서 그런 별명을 가졌습니다."

"요정은 어디 있어?"

"S동에 있습니다. 약도를 그려드리겠습니다."

살아나기 위해 홍은 적극적으로 나왔다. 손을 떠는 바람에 약도는 엉망으로 그려졌다. 홍은 약도 밑에다 전화번호까지 적어준다.

"비밀 요정인가?"

"네, 그렇습니다."

"마담이 주인인가?"

"네, 그렇습니다."

"조직 이름이 뭐야?"

"그런 건 없습니다. 정말입니다."

"여자들을 요정으로 넘긴 거 다 알고 있어."

"넘긴 게 아닙니다. 다만 요정에다……"

"우물쭈물하지 마! 숨기지 말고 털어 놔!"

홍의 말에 의하면, 김 마담은 무시할 수 없는 고객이라는 것이었다. 그녀 자신이 사흘이 멀다 하고 옷을 맞춰갈 뿐 아니라 요정에 있는 여자들의 옷까지도 그에게 의뢰한다는 것이었다. 그러니 그로서는 매우 귀한 고객이 아닐 수 없었다. 두 사람의 친분이 두터워진 것은 자연스러운 일이었다. 그들은 문제가 있으면 털어 놓고 서로 돕곤 했다.

어느 날 마담은 연예계에 있는 반반한 계집애들이 필요하다고 했다. 돈 많은 손님들을 끄는 데는 그 이상의 미끼가 없다는 거였다. 홍은 생각 끝에 자기가 할 수 있는 선을 제시했다. 그것은 즉 이러이러한 애라면 가능성이 있을 것이다, 라는 것이었다. 이름과 함께 약점이 열거되고, 거기에 덧붙여 난교 파티에서 찍어둔 나체사진이 제시된다. 마담은 그 대가로 옷을 더 많이 주문했고, 그는 아주 비싼 값으로 팔아먹을 수가 있었다. 문어에게 걸린 여자들이 그 후 어떻게 되었는가는 그가 알 바 아니었다.

"섹스 파티에 참가하는 팀은 마담이 모르는, 전혀 별개의 팀입니다. 돈 많은 제 친구들입니다. 우리는 다만 즐기기 위해……"

"오애라를 섹스 파티에 끌어들인 건 너지?"

동표는 홍 기의 정강이를 걷어찼다. 홍은 고통을 참느라 팔딱팔딱 뛰었다.

"그렇긴 하지만…… 오애라도 좋아했습니다. 나중에는 더 적극적이었습니다."

"더러운 놈! 실컷 농락하고 요정에 넘기다니, 넌 짐승보다 못해!"

"……"

"요정에 넘어간 여자들은 모두 일본으로 팔려갔어! 그리고 다시는 돌아오지 않았어! 오애라는 팔려가지 않으려고 발버둥치다가 죽은 거야! 너는 결국 국제 매음 조직과 선이 닿아 있었던 거야!"

"그럴 리가!"

"사실이야! 조직에 대해서 아는 대로 말해봐!"

"정말 모릅니다! 처음 듣는 이야기입니다!"

디자이너 홍을 초죽음이 되게 만들어 놓고 나온 동표는 그 길로 요정을 찾아갔다.

홍이 그려 준대로 가보니 쉽게 찾을 수 있었다. 요정은 겉으로 보기에는 2층 양옥이었다. 담 너머로 보이는 호화저택이었다. 높은 담에 가려 정원은 보이지 않았다.

동표는 견고하게 생긴 철 대문 앞으로 다가서서 초인종을 눌렀다. 인터폰을 통해

"누구십니까?"

하는 남자 목소리가 들려왔다.

"네, 마담을 좀 만나러 왔는데요."

"마담이요? 그런 사람 여기 없습니다."

"다 알고 왔으니까 문 좀 여시오."

"그런 사람 없다고요."

"이것 봐. 담 너머 들어갈까?"

"뭐라고? 당신 도대체 누구야? 왜 남의 집에 와서 시비 거는 거야?"

"잔말 말고 문 열어! 열지 않으면 부숴버릴 테다!"

잠시 후 쪽문이 열리더니 안으로부터 험상궂게 생긴 청년 두 사람이 나타났다.

"당신 뭐요?"

"말했지 않나? 마담 만나러 왔다고 말이야. 김보미 말이야. 문어 모르나?"

"이거 뭐 이런 사람 있어? 없다면 없는 줄 알지 왜 지랄이야! 어디가 근질근질해?"

"당신을 상대하러 온 게 아니니까 비켜."

그는 문 앞을 막고 서 있는 그를 거칠게 밀어젖히고 안으로 들어가려고 했다. 그들은 물러나는 대신 그의 팔을 양쪽에서 낚아챘다.

"어디를 함부로 들어가는 거야?"

"이거 놓지 못해!"

"못 놓겠다!"

"순순히 말할 때 들어."

"흥, 웃기네!"

한 녀석이 팔을 꺾으며 그의 복부를 후려치려고 했다. 그러나 그의 주먹이 먼저 움직였다. 옆구리를 슬쩍 건드리자 그 청년은 금방 쓰러질듯 비틀거렸다. 나머지 한 녀석이 그의 얼굴을 향해 주먹을 뻗었다. 동표는 재빨리 비켜서면서 손을 칼날같이 세워 상대의 목덜미를 후려쳤다.

"아이쿠!"

청년은 저만치 곤두박질쳤다.

동표는 손을 털면서 안으로 들어갔다.

잔디가 깔린 정원을 가로질러 가다 말고 그는 도중에 우뚝

섰다. 창문 저쪽에서 한 여자가 그를 바라보고 있는 것이 보였던 것이다. 직감적으로 김 마담이라고 생각했다.

여자는 하늘색의 치마저고리를 곱게 입고 있었다. 머리를 뒤로 틀어 올리고 있었다. 화장을 짙게 하고 있어서 나이를 종잡을 수 없었지만 마흔까지는 안 된 성 싶었다. 미모에다 우아한 기품까지 지니고 있었다. 가면이겠지.

비밀 요정을 경영하는 대단한 여자이니, 연기력이 대단하겠지.

그때 밖에서 두 청년이 뛰어 들어왔다. 그들의 손에는 몽둥이가 들려 있었다. 넓은 정원은 잔디가 곱게 깔려 있어서 움직이기에 안성맞춤이었다.

그는 눈 하나 까딱하지 않고 그들을 쏘아보았다. 그의 몸은 이미 머리끝에서부터 발끝까지 하나의 무기로 변해 있었다. 거기에는 한 치의 틈도 엿보이지 않았다.

청년 두 사람은 그를 가운데 놓고 빙빙 돌아갔다. 여차 하면 때려죽일 기세였다.

"마지막 기회다! 빨리 돌아가!"

"쓸데없는 소리하지 마! 저 여자를 만나기 전에는 돌아갈 수 없어!"

"이 새끼가!"

두 개의 몽둥이가 한꺼번에 그의 머리를 향해 날아왔다. 거의 동시에 그도 움직였다. 한 녀석이 얼굴을 싸쥐고 잔디밭에 나뒹굴었다. 얼굴은 피투성이가 되어 있었다. 다른 한 녀석이 발악적으로 달려들자 그는 발로 놈의 사타구니를 걷어차 버렸다. 급소를 맞은 청년은 잔디밭 위를 떼굴떼굴 굴렀다.

동표는 상처하나 입지 않았다. 옷에 묻은 흙을 터는데 창문이 드르륵 열렸다.

"병신 같은 자식들……"

여자가 잔디밭에 나뒹굴고 있는 청년들을 향해 뇌까리는 말이다.

그녀는 창백하게 질려 있었다. 그러나 도전적인 시선을 그에게 던져왔다.

"대단하시군요."

"……"

동표는 잠자코 상대를 노려보았다.

"마담을 찾으신 다구요?"

"그렇소, 당신이 마담인가?"

"그래요, 용건이 뭐예요?"

"손님을 이렇게 대접하긴가?"

"들어오세요."

목소리가 아름다웠다.

그는 으리으리하게 차려진 거실로 안내되어 들어갔다. 자리에 앉자마자 그는 용건부터 꺼냈다.

"오미라를 찾으러 온 거요. 즉시 데려오시오."

여자의 눈이 요염하게 그를 바라보았다. 그 눈에 웃음이 번지더니, 요란스럽게 웃기 시작한다.

"도대체 무슨 말씀을 하시는 건지 통 모르겠군요. 오미라가 도대체 누구예요?"

"시침 떼지 마! 나는 지금 그런 거짓말을 듣고 있을 시간이 없단 말이야!"

"어머나, 이 사람 봐. 언제 나를 봤다고 반말이지?"

마담은 꽤나 유들유들하게 나온다. 역시 노련한 데가 느껴지는 여자였다.

"당신 같은 여자는 반말 들을 만 해. 쓰레기보다 못한 여자니까!"

"어머나 입원하셔야겠네."

"여자라고 해서 사정 봐 주지 않아! 바른대로 말하지 않으면 목을 분질러 버릴 테야!"

연 행(連行)

"이 문어 같은 것!"

동표의 손바닥이 김 마담의 따귀를 철썩하고 후려 갈겼다. 기세당당하던 김 마담의 몸뚱이가 힘없이 카펫 바닥에 나뒹굴었다. 대단한 충격이었던지 여자는 얼른 일어나지 못한 채 헐떡거렸다.

"오미라 어디 있어? 오애라 언니 말이야! 말하지 않으면 죽여 버릴 테야!"

동표는 그녀의 팔을 잡아 비틀었다. 김 마담은 고통에 못 이겨 신음하다가,

"사람 살려요!"
하고 비명을 질렀다.

그러나 동표는 조금도 사정을 두지 않고 팔을 비틀었다. 조금만 더 비틀면 팔이 부러질 정도였다.

비명을 듣고 여자들과 남자들이 몰려오자 그는 마담을 끌어안고 방으로 들어가 문을 걸어 잠갔다.

밖에서는 문을 두드리면서 아우성들이었지만 그는 끄덕도 하지 않고 김 마담을 사정없이 족쳤다. 단 하나라도 캐내야 했기 때문이었다.

그러나 김 마담도 악착스러운 데가 있다. 좀처럼 자백하지 않고 버텨내고 있었다.

마침내 왼쪽 팔이 부러지는 소리가 우두둑하고 들려왔다. 동시에 숨넘어가는 듯한 비명이 터져 나왔다.

"아이고, 나 죽네! 사람 살려!"

김 마담은 다른 손으로 팔을 움켜잡고 몸부림쳤다. 동표는 계속 그 부러진 팔을 놓지 않고 있었다.

"빨리 말해! 양쪽 팔 다 부러지기 전에 말하란 말이야! 오미라는 어디 있어? 어디다 숨겨 놨어?"

"몰라요! 전 몰라요!"

"모르다니 말이 돼?"

여자가 소리 지르지 못하게 이번에는 뒤에서 목을 죄었다. 방문은 떨어져 나갈듯 덜컹거리고 있었다.

"마, 말하겠어요!"

마침내 그녀는 더 버티지 못하고 무릎을 꺾었다.

"말해! 오미라는 어디 있어?"

"어, 어디 있는지는 몰라요. 그렇지만 알아볼 수 있어요."

"어디다가 알아본다는 거야?"

"저기…… 황제 나이트클럽 지배인한테……"

"거짓말 아니지?"

"정말이에요."

"거짓말이면 다음에는 널 죽여 버리든가 병신을 만들어 버릴 거야. 황제 나이트클럽이 어디 있어?"

"저기……"

그녀가 막 입을 열려고 했을 때 문이 거칠게 흔들리면서 호루라기소리가 날카롭게 들려 왔다.

"경찰이다! 문 열어!"

"빌어먹을!"

동표는 마담을 노려보았다. 어느새 그녀의 얼굴에는 안도의 빛이 나타나고 있었다.

"경찰이다! 문 열어!"

동표는 한숨을 내쉬면서 방문을 열었다.

"꼼짝 마!"

두 사람의 정복 경관이 총을 들이대면서 방안으로 뛰어들어 왔다.

연행 · 153

동표는 손에 수갑을 채우려는 것을 뿌리쳤다.

"이러지 마시오! 따라갈 테니!"

"잔말 마!"

개머리판이 그의 복부를 찔렀다. 그는 고통을 느끼고 얼굴을 찌푸렸다. 그 사이 두 손목에 철컥 수갑이 채워졌다.

"이 날강도야!"

기다렸다는 듯이 마담이 울부짖으며 그에게 달려들었다. 그녀가 멱살을 움켜쥐고 늘어지는 바람에 와이샤쓰가 북 하고 찢어졌다.

"다친 데는 없습니까?"

경찰이 묻자 그녀는 부러진 왼팔을 조금 쳐들어 보이면서 더욱 크게 울부짖었다.

"빨리 병원에 가셔야겠군요."

동표는 수갑을 찬 채 파출소로 연행되었다.

"강도를 체포했습니다."

파출소 순경이 본서에 보고하는 내용을 듣고서야 그는 비로소 자신이 강도로 신고 되어 연행된 것을 알았다.

"난 강도가 아니오!"

그는 부인했지만 소용없었다.

조금 후에 경찰 패트롤카가 도착하고 잠바차림의 형사 두 사람이 나타났다.

"이놈이야?"

뚱뚱한 형사가 턱으로 동표를 가리키며 물었다.

"네, 그렇습니다."

뚱뚱한 형사는 담배를 꼬나물며 조그만 눈으로 그를 쩨려 보다가,

"짜식…… 잘 걸렸다."

하고 말했다.

또 한 사람의 형사는 뚱보 형사와는 달리 키가 크고 비쩍 말라 있었다.

동표는 그들에게 이끌려 본서로 연행되었다. 그는 일이 묘하게 되어 간다고 생각했다. 그러나 자신보다도 오 미라가 더 걱정이 되었다.

그가 들어간 곳은 사방이 막힌 취조실이었고, 갓을 씌운 전등불이 실내를 밝혀 주고 있었다.

그를 연행해 온 두 형사가 즉시 그를 심문하기 시작했다.

그들은 책상을 사이에 두고 마주앉았다.

"이름은?"

"이동표입니다."

"호주머니에 있는 거 죄다 내놔봐."

그는 시키는 대로 모두 꺼내 놓았다. 형사들은 잭나이프에만 관심이 가는 것 같았다.

"이 주민등록증…… 가짜 아니야?"

"아닙니다. 진짭니다."

"전과 몇 범이야?"

"네?"

"교도소에 몇 번 출입했느냐고?"

뚱보 형사가 버럭 고함을 질렀다.

"한 번도 안 했습니다."

"거짓말 하지 마! 조회해 보면 다 알 수 있어."

"정말입니다. 난 강도가 아닙니다!"

"강도가 아니고 뭐야?"

"그건 잘못된 겁니다. 난 그런 사람이 아닙니다!"

"흥, 그렇지. 강도가 자기보고 강도라고 하나? 넌 강도로 신고된 거야, 알았어?"

"그건 억지로 덮어씌운 겁니다. 난 아무것도 강탈하지 않았습니다."

"그러니까 강도 미수지. 강도 미수도 강도는 강도야. 이 짜식, 제법 잡아떼는데…… 한번 혼나 보겠어?"

"피해자하고 대질시켜 주십시오."

"피해자는 지금 병원에 입원중이야. 대질시키지 않아도 다 알 수가 있어."

문이 열리더니 두 사람의 증인이 나타났다. 동표에게 얻어 맞은 청년들이었다. 그들은 그럴듯하게 꾸며서 이야기했다.

"이 사람이 주인을 만나러 왔다기에 문을 열었습니다. 그 랬더니 다짜고짜 저희들을 때려눕히고 집안으로 뛰어 들어가 아줌마를 방안으로 몰아넣었습니다. 이 칼로 아줌마를 위협했습니다. 아줌마가 살려달라고 소리쳤지만 문을 잠그는 바람에 손을 쓸 수가 있어야지요. 그래서 경찰에 신고한 겁니다."

"이 자는 강도가 아니라는데……?"

"말이 되나요? 강도질하러 들어온 게 틀림없습니다."

"강도질치고는 어수룩하군."

그때까지 침묵을 지키고 있던 마른 형사가 고개를 끄덕이며 한 마디 했다.

"나는 강도가 아니라고요!"

동표는 기회를 놓치지 않고 소리 질렀다.

"그럼 그 집에 왜 침입했지?"

"그 집은 비밀 요정입니다."

"그런가?"

뚱보 형사가 증인들을 바라보았다.

"아, 아닙니다. 비밀 요정이라니, 당치도 않은 거짓말입니다! 개인 살림집을 가지고 비밀 요정이라니, 새빨간 거짓말입니다!"

"조사해 보면 알겠지. 그건 그렇고 왜 그 집에 침입했어?"

"사람을 찾으러 간 겁니다."

"누구를 찾으러 간 거야?"

"제 애인인데…… 그 비밀 요정에 나간다는 말을 듣고 찾으러 간 겁니다."

"애인 이름이 뭐야?"
"오미라입니다."
그는 하는 수 없이 오 미라의 집주소와 전화번호를 가르쳐 주었다.

경찰의 조사가 진행되는 동안 동표는 보호실에서 하룻밤을 지냈다. 몹시 지루한 시간을 보내는 동안 그는 자신이 얼마나 어리석게 행동했는가를 알았다. 그렇게 드러내놓고 행동한다는 것은 자신에게 위험할 뿐 아니라 적에게도 방어의 기회를 준다는 것을 그는 뒤늦게야 알아차렸다.

'바보 같은 놈……'
퀴퀴한 냄새가 진동하는 보호실의 나무의자에 지친 모습으로 앉아서 그는 자신을 질책했다.

그러나 저러나 오 미라의 일이 걱정이었다. 보호실에 갇혀 있으니 오미라가 어떻게 되었는지 알 도리가 없었다. 그렇다고 경찰에 모든 것을 털어놓고 싶지는 않았다. 자기도 알 수 없는 고집이 그를 사로잡고 있었다.

그가 불려나간 것은 하룻밤이 지나고 오후 2시쯤 되었을 때였다. 취조실에는 어제의 그 두 사람의 형사가 앉아 있었다. 그들은 어제와는 달리 예의를 갖추어 그를 맞았다.

"어제는 미안하게 됐소, 우리가 오해했던 것 같소."
뚱보 형사가 담배를 권하며 부드럽게 말했다. 동표는 담배를 깊이 빨았다.

"이 선생에 대해서 조사를 해 봤습니다. K일보를 그만 두신지 얼마 안 됐더군요. 전혀 강도질 같은 것을 할 분이 아니란 것을 알았습니다. 민영기 기자라고 아시죠?"

"네, 알고 있습니다."

"여기 출입하고 있는 기잔데, 선생에 대해서 그 기자가 잘 말해 주더군요. 이따가 만나시게 될 겁니다."

동표는 가슴이 흔들렸다. 동시에 부끄러운 생각이 들었다.

"오 미라에 대해서도 알아봤습니다. 그 여자도 이틀째 집에 들어오지 않고 있더군요. 얼마 전에 죽은 여배우 오애라의 언니이더군요."

무엇을 탐색하려는 듯 뚱뚱한 형사의 눈이 찬찬히 그를 바라보았다.

"오미라는 얼마 전까지 학교 선생이었는데, 왜 학교를 그만 두고 요정에 나가고 있을까요? 요정에 나간다는 걸 어떻게 알았습니까?"

"어떻게 알게 됐습니다."

"거 이상하군요. 선생이 쳐들어간 곳은 비밀 요정이 아니었습니다. 잘못 짚은 겁니다."

"그럴 리가……"

그는 고개를 젓다가 가만히 움직임을 멈추었다. 굳이 그럴 필요가 없다는 생각이 들었던 것이다.

"그쪽에서도 선생을 강도로 오인하고 신고를 했던 것 같습니다. 주거 침입에다 폭행까지 가했으니……"

"죄송합니다."

그는 머리를 숙였다. 형사는 한층 부드럽게 나왔다.

"민 기자의 부탁도 있고 해서 이 문제를 확대시키지 않기로 했습니다. 저쪽에서는 일 개 월 진단이 나온 것 같습니다. 저 쪽에서 고소를 고집하면 입건이 불가피합니다. 입건이 되면 적어도 몇 개월은 고생하시게 됩니다."

"죄송합니다."

동표는 거듭 사죄했다. 그로서는 한시바삐 그곳을 빠져나가는 것이 급했다.

"다행히 저쪽에서는 고소를 취하했습니다. 자기들도 문제를 시끄럽게 만들고 싶지 않다는 거였습니다. 이 선생께는 정말 다행입니다."

"감사합니다. 거기 찾아가서 사과라도 해야겠군요."

"고생 많으셨습니다. 이제 나가셔도 좋습니다."

형사들과 악수를 나누고 취조실을 나오던 그는 민영기 기자와 부딪쳤다. 민 기자는 반색을 하며 손을 내밀었다.

기자 민영기

"대강 이야기는 들었습니다만, 어떻게 된 겁니까?"

다방에 들어가 자리를 잡고 앉자마자 민영기 기자가 물었다. 그는 서른두 살로 아직 미혼이었고, 지나칠 만큼 똑똑한 기자였다. 중키에 눈빛이 강렬하게 빛나고 있는 것이 첫눈에 보기에도 영리한 인상이었다.

두 사람 사이가 그렇게 각별했던 것은 아니었다. 그렇지만 서로가 호감을 느끼고 있었던 것만은 사실이었다.

"뭐 대수로운 거 아니야. 담배 있나?"

"네, 여기 있습니다."

동표는 후배 기자가 내미는 담배를 받아들고 거기에 불을 붙였다. 그리고 담배연기를 깊이 빨아 들였다가 한숨처럼 그것을 길게 내뿜었다.

"자네가 애써 주었다고 들었어, 고맙네."

"원, 별 말씀을…… 그것보다도 저는 이야기를 듣고 깜짝 놀랐습니다. 더구나 오미라가 관계되어 있다는 걸 알고 아무래도 심상치 않다고 생각했습니다."

"……"

동표는 허공에 시선을 고정한 채 묵묵히 담배만 피웠다. 사실 그는 아무 말도 하고 싶지 않았다. 그러나 민 기자는 찰거머리처럼 달라붙고 있었다.

"말씀해 주십시오. 제가 도울 수 있는 일이라면 힘껏 도와 드리겠습니다."

"아니야. 그럴 일이 아니야."

동표는 무겁게 머리를 가로저었다.

"별일 아니야, 다른 이야기나 하세."

"선생님, 저한테 말씀 못하실 게 뭐가 있습니까? 일어나시죠. 제가 맥주 한 잔 사겠습니다."

"대낮부터 술은 무슨 술……"

"아, 그러지 말고 나가시죠."

"바쁘지 않나?"

"괜찮습니다."

동표는 별로 내키지 않았지만 민 기자가 강권하자 따라 일어섰다.

그들은 부근의 맥주홀로 들어갔다. 한낮이라 실내는 거의 텅 비어 있었다.

미로를 헤쳐가듯 어두컴컴한 통로를 지나 그들은 칸막이 속으로 들어가 마주앉았다.

호스티스가 들어와 앉으려는 것을 민 기자가 막았다.

"우리, 밀담이 있으니까 이해해 줘. 미안해."

그들은 잠자코 술부터 들었다. 머리 위에서 흘러내리고 있는 붉은 조명등의 침침한 불빛이 그들의 얼굴을 붉게 물들여 놓고 있었다.

"선배님께서 오애라의 죽음이 자살이냐고 물으셨을 때, 그리고 오애라의 집 전화번호를 물으셨을 때부터 저는 뭔가 이상하다고 생각했습니다. 그렇지만 그다지 심각하다고는 느끼지는 않았습니다. 그리고는 잊어버렸죠. 이렇게 될 줄 알았으면……"

"……"

그때까지도 동표의 입은 굳게 다물어져 있었다. 그는 말없이 맥주만 들이켰다.

"경찰에서 듣기로는 오미라가 애인인데, 비밀 요정에 나가는 줄 알고 선배님께서 그 집에 쳐들어 가셨다고 하던데…… 저는 아무래도 믿어지지 않습니다. 선배님이 그렇게 하실 분도 아니고……."

 민 기자는 조심스러우면서도 매우 집요하게 파 들어오고 있었다.

 동표는 후배 기자를 물끄러미 바라보다가 점점 표정을 일그러뜨렸다. 난처하고 괴로운 표정이었다.

 "자네는…… 오애라가 자살했다고 그랬지?"

 마침내 동표의 입이 열렸다.

 "네, 그렇습니다."

 "지금도 그렇게 믿고 있나?"

 "네, 그렇게 믿고 있습니다."

 "매우 편리하군."

 동표는 빈정거리듯 말했다. 민 기자의 얼굴에 당혹감이 나타나고 있었다.

 "난 자네가 좀 똑똑한 줄 알았는데…… 이제 보니까 영 엉터리군. 그렇게 편리한 사고력을 갖추고 있다니, 한편 부럽기도 하고 말이야."

 "죄, 죄송합니다. 생각이 깊지 못해서 그렇습니다."

 "경찰 발표대로 믿어 버리면, 그게 어디 기잔가? 경찰 대변인이지. 안 그래?"

 "그, 그렇습니다."

 "오애라는 살해된 거야! 자살이 아니야!"

 그는 술잔을 탁 놓았다. 앞으로 기울어져 있던 민 기자의 상체가 뒤로 젖혀졌다.

"그거…… 저, 정말입니까?"

"내가 왜 쓸데없는 거짓말을 하겠어."

"어째서 그렇게 말씀하십니까? 그럴 근거라도 있습니까?"

"있으니까 하는 말이지."

그는 쏘아붙이듯 대꾸했다.

민 기자는 마치 사냥개가 먹이를 눈앞에 두고 있는 듯 이미 군침을 흘리고 있었다. 그도 그럴 것이 동표의 폭탄 같은 선언은 한 마디로 특종 감이었던 것이다.

"그 이야기를 하기 전에 나하고 약속을 해. 그렇지 않으면 말할 수 없어."

"네, 약속하겠습니다."

"이건 혼자만 알고 있어야 해. 절대누설해서는 안 돼."

"언제까지 말입니까?"

"네가 허락하기 전까지는 말이야. 매우 중대한 일이라서 그러는 거야. 죽은 여자는 이미 죽은 여자고…… 그 보다도 한 여자의 목숨이 달려 있는 문제야."

"네, 알겠습니다. 약속하겠습니다."

동표는 고개를 끄덕이고 나서 매우 조용한 어조로 지금까지 일어난 일을 이야기하기 시작했다.

"그러니까 내가 오애라와의 관계를 맺기 시작했을 때부터 이야기해야 되겠군. 그것은 아주 우연히 시작되었던 거야. 아주 우연이었어. 지난 크리스마스 이브였어. 그날 나는 퇴직금을 받아들고 거리고 나갔어. 집으로 바로 갔어야 하는 건데 어쩐지 그러기가 싫더란 말이야. 기분도 별로 좋지 않은데다 눈까지 내리고 있어서…… 소년처럼 헤매고 다니고 싶었어. 그래서 발길 닿는 데로 걷다 보니까 명동까지 가게 됐어. 저녁을 먹고 스낵바에 가서 위스키 몇 잔을 마셨지. 그런 다음 밖으로 나와 인파 속에 섞여 다시 걸어갔어. 내가 오애라를 만난 것은 그때였어. 골목길에 사람들이 많이 몰려 있어서 다가가 보았더니, 눈길에 여자가 하나 인사불성인 채 쓰러져 있었어. 바로 오애라였는데, 처음에는 여배우인지 알아보지 못했지. 구경만 할 뿐 아무도 그 여자를 구하려고 하지 않기에 내가 나섰지. 오애라를 업고 가까운 병원으로 달려갔는데, 약물 중독인 것이 밝혀졌어. 자살하려고 수면제를 많이 먹었던 모양이야. 애라는 열 시쯤 깨어났어. 그 때까지도 나는 그 애가 유명한 여배우인지 전혀 모르고 있었어. 국내 영화를 통 보지 않았으니, 모르는 것도 당연하지. 매우 아름답더군. 내가 집에 돌아가려고 일어서자……"

동표는 서두르지 않고 이야기했다. 마치 남의 일처럼……

두 사람이 이야기가 끝났을 때는 저녁때가 되어 있었다.
맥주 열병을 비운 그들은 적당히 취해 있었다.
민 기자는 매우 놀라운 사실에 부딪친 때문인지 갑자기 병

어리가 된 듯 입을 꼭 다물고 있었다.

"오 미라가 위험해. 그 여자를 찾아야 해."

동표는 잔에 남아 있는 맥주를 마저 마셨다. 담배에 불을 붙이는 그의 손끝이 가늘게 떨리고 있었다.

"오애라의 일기장이 있었다면 좋을 텐데……"

민 기자의 중얼거림에 동표는 눈을 치떴다.

"그것이 없어서 곤란하단 이 말인가?"

"결정적인 증거가 될 수 있으니까요. 그것을 보이면 경찰도 재수사에 나설 겁니다. 그렇지 않고서는……"

"어렵다 이 말이지?"

"설득력이 부족합니다. 선배님이 오해받을 우려도 있고."

"그럴 테지. 그래서 난 경찰에 의뢰하고 싶지 않아. 죽은 오애라의 명예와도 관계가 있고 해서 미라와 함께 독자적으로 조사하기로 약속했어."

"그건 매우 위험한 일입니다."

"알고 있어."

"그런 일은 그런 것을 전문적으로 하는 사람들한테 맡기셔야 합니다. 선배님이 그런 일을 하시기 에는 너무 위험 부담이 많습니다."

"잘 알아, 그렇지만 이미 시작한 거야. 발을 뺄 수는 없어."

"선배님, 다시 한 번 재고하십시오. 선배님은……"

동표는 손을 흔들었다.

"내 걱정은 하지 마. 난 아무렇지도 않아. 상대방이 아무리 강하다 해도 물러날 수는 없어. 결코…… 안 돼."

그는 마치 자신이 반드시 해야 할 일을 발견한 사람처럼 말하는 것 같았다.

선배의 마음을 돌릴 수 없다고 판단했는지 민 기자는 갑자기 적극적으로 나왔다.

"정 그러시다면…… 좋습니다. 제가 도와 드리면 어떨까요. 도움이 될지 모르겠습니다만……"

"자네는 바쁜 몸 아닌가?"

"시간을 내야죠."

"자네가 휩쓸려드는…… 거 난 별로 내키지 않아. 고맙기는 하지만 자네가 다치는 거 싫어."

"그건 염려하지 마십시오. 이 정도로 사실을 알았는데, 모른 체할 수 없습니다. 선배님이 저를 받아들이지 않으신다면…… 저 혼자서 따로 조사하겠습니다. 저도 그럴 의무는 있으니까요."

그것은 아주 점잖은 도전이었다. 오애라의 죽음을 취재했던 현역 기자로서 그것은 너무나도 당연한 말이었다.

동표는 그 당돌한 후배 기자를 지그시 바라보다가 하는 수 없다는 듯 고개를 끄덕였다.

"정 그렇다면 할 수 없지."

"고맙습니다!"

민 기자의 목소리는 흥분에 떨고 있었다.

"자네가 나서 준다면야 정말 든든하지. 민완 기자니까 나보다 훨씬 잘해 내겠지."

"아닙니다. 저는 측면에서 지원하겠습니다."

"자네 성격상 그럴 수는 없을 거야."

그들은 즉시 대책에 들어갔다. 오미라를 구출하기 위해서는 한시라도 빠른 것이 좋았다.

"내가 김 마담을 족쳤을 때 황제 나이트클럽 지배인한테 미라가 있는 곳을 알아볼 수 있다고 그랬어."

"황제요?"

민 기자의 눈이 크게 떠졌다.

"음, 분명히 황제라고 그랬어. 그때 경찰이 들이닥치는 바람에 더 이상 물어보지 못했지."

"제가 김 마담한테 가서 다시 알아볼까요?"

"안 돼! 이젠 드러내 놓고 행동해서는 안 돼. 결정적인 순간에만 나서야 돼. 이미 그 여자는 잠적해 버렸을 거야. 비밀 요정도 다른 곳으로 옮겼을 거고. 어수룩한 여자가 아니야. 황제 나이트클럽이 어디 있는지 아나?"

"글쎄요. 어디서 본 것 같기도 한데…… 잠깐 기다리십시오. 신문사에 알아보겠습니다."

민 기자는 5분쯤 지나 돌아왔다.

"나가시죠. 알았습니다."

"어디야?"

동표는 몸을 일으키면서 물었다.

"P호텔에 있는 겁니다."

"황제라는 나이트클럽이 그거 하나뿐인가?"

"네, 그렇답니다."

서둘러 밖으로 나온 그들은 이미 어둠이 내린 밤거리를 어깨를 나란히 하고 걸어갔다.

황제(皇帝) 나이트클럽

　황제 나이트클럽은 P호텔 지하에 자리 잡고 있었다. 초저녁이라 그런지 손님이 별로 없었고 악단도 나와 있지 않았다. 그들은 얼굴을 드러내지 않으려고 일부러 그늘진 구석에 가서 자리 잡고 앉았다.
　"아가씨도 부를까요?"
　주문을 받고 난 웨이터가 물었다.
　"아가씨는 필요 없어. 나중에 필요하면 부를게."
　그들은 움직이는 사람들을 하나하나 살펴보면서 잠자코 맥주를 마셨다.

"어떤 녀석이 지배인인지 알 수가 있나."

"곧 알아내겠습니다."

"눈치 채게 해서는 안 돼."

"그럼요."

시간이 흐르자 손님들이 하나 둘씩 들어오기 시작했다.

8시가 지나자 어느새 황제 나이트클럽은 손님들로 흥청거리고 있었다.

"불황인데도 손님이 많군."

"불황일수록 환락가는 흥청거리는 법 아닙니까."

"알 카포네는 공황 덕분에 재미를 톡톡히 봤다더군."

"공황을 이용해서 돈을 잘 버는 자들이 있죠. 그런 자들은 건전한 상태에서는 오히려 기를 펴지 못합니다. 이런 곳에 샐러리맨들이 감히 고개나 내밀 수 있겠습니까. 거의가 그렇고 그런 놈팡이들이죠."

손님이 많아지자 그만큼 호스티스들의 수도 불어나 있었다. 그녀들은 하체를 거의 드러낸 초미니 스커트 차림으로 돌아다니고 있었다.

"우리도 부르죠."

"팁 값이 비싸지 않을까?"

"그런 건 상관 마십시오."

민 기자는 웨이터를 불러,

"싱싱하고 육감적인 거 두 녀석 부탁해."

하고 속삭였다.

이윽고 호스티스 두 명이 다가왔다. 주문과는 영 다른 여자들이었다. 한 여자는 아주 어린데다 촌뜨기 같았고, 또 한 여자는 너무 늙어 보였다.

"이것 참……"

민 기자는 난처해 하다가 촌뜨기를 자기 곁에 앉게 하고 나이든 여자는 동표 옆으로 보냈다.

동표는 미소로 그녀를 맞았다. 짙은 화장품 냄새가 풍겨 왔다. 짙은 화장으로 얼굴을 위장하고 있었지만 나이 든 것을 감출 수는 없었다. 아마 서른은 훨씬 넘었을 것 같았다.

"미스 박이에요, 잘 부탁합니다."

"아, 네……"

여자는 그의 눈에 들려고 애를 썼다. 그러한 그녀가 어쩐지 측은해 보였다. 동표는 그녀를 멸시하거나 무시하지 않았다. 결코 그런 내색을 보이지 않았다.

"별로 말이 없으시네요?"

"뭐 별로 그렇지도 않은데……"

"저도 한 잔 주실래요?"

"그러지."

그는 여자에게 잔을 내밀고 술을 따라 주었다. 촌뜨기 같은 호스티스는 어느새 민 기자의 품에 안겨 깔깔대고 있었다. 디스코 음악이 나오자 그들은 홀로 나가 흔들어 대기 시작했다.

민 기자의 춤 솜씨는 세련되어 있었다.

"우리도 춰요."

여자가 동표의 소매를 잡아끌었다. 동표는 고개를 저었다.

"난 저런 춤 못 춰요."

여자는 실망한 듯이 그를 바라보았다.

"그럼 블루스는요?"

"그건 조금 하지."

시끄러운 음악에 동표는 현기증이 났다. 그런 중에도 미라의 모습이 자꾸만 눈앞을 어지럽히고 있었다. 어디서 무슨 곤욕을 치르고 있을까 하고 생각하니 가만히 앉아 있기가 심히 괴로웠다.

민 기자는 땀에 젖어 들어와서는 동표에게 귓속말을 했다.

"이 멍청이는 지배인이 누군지도 잘 모르는데요. 어제부터 여기서 일하기 시작했답니다."

"그럼 내 파트너한테 알아봐야겠군."

마침 블루스곡이 흘러나오고 있었다. 동표는 호스티스를 데리고 홀로 나가 허리에 팔을 둘렀다.

"선생님은 샌님 같으셔."

여자가 눈을 흘기며 하체를 은근히 밀착해 왔다. 그는 피하지 않고 그것을 받았다.

"저런…… 그렇게 보였다면 미안한데."

"춤 잘 추시네요."

"옛날에 좀 배웠지."

그는 휴가의 어느 날 사이곤 환락가에서 땀에 젖은 몸을 여체에 비벼대던 것이 생각났다.

그때 그는 매우 험한 상태였었다.

조명이 더욱 어두워지자 호스티스는 아예 두 팔로 그의 목을 휘어 감고 거머리처럼 찰싹 달라붙었다. 몸의 율동이 가슴으로부터 허리를 타고 하체로 전해져 왔다. 귓가로 여자의 뜨거운 숨결이 거칠게 들려왔다.

그는 조금 어리둥절했다. 처음에는 그녀가 일부러 그러는 줄 알았는데, 가만 들어보니 그게 아니었다. 그녀는 정말로 흥분하고 있었다. 매우 굶주린 모습이었다.

그러나 그는 조금도 동하지 않고 있었다. 동하기는커녕 답답하고 불쾌했다. 그렇지만 그런 내색은 조금도 없이 여자의 허리를 바싹 죄면서,

"여긴 침대가 아니야."

하고 말했다.

"아, 미치겠어요."

여자는 몸을 떨면서 호소하듯 속삭였다.

"참을성이 없군."

"저 좀 어떻게 해줘요, 네? 아무 데로나 데려가서 맘대로 하세요, 네?"

"그렇게도 못 참겠나?"

"네, 미치겠어요. 아, 가슴이 막 뛰어요."

"조금 참으라고."

"아, 남자들 마음은 모르겠어. 어린애들보다 저 같은 여자가 낫다고요. 잘해 드릴게요, 네?"

"글쎄…… 여기 나온 지 오래 되나?"

"한 달쯤 됐어요."

"오늘 지배인 나왔나?"

"네, 나왔어요. 잘 아세요?"

"조금 알지."

"어떻게 아세요?"

"아, 그냥…… 오다가다 조금 인사하는 정도지. 지금 어디 있지?"

"저기 있지 않아요."

여자가 턱을 치켜들며 비상구 쪽을 가리켰다.

"누구 말이야? 난 눈이 나빠서 잘 안 보여."

"아이, 그럼 안경 끼세요."

"안경이 없어."

"저기 있잖아요. 돼지같이 뚱뚱한 사람 말이에요. 허리 굽히고 있잖아요."

"아, 그렇군."

"지배인 만나거든 저 좀 잘 말해 주세요. 저, 미스 박이라고요. 9번이에요."

"음, 알았어."

"주무실 수 없으면 숏 타임도 즐길 수 있어요."

"화장실에 가서 할까?"

"아이, 망측해 누구 망신 주려고요."

음악이 끝났다. 이어서 다시 디스코음악이 터져 나왔다. 동표는 자리에 돌아가 앉으며 민 기자에게 끄덕해 보였다.

뚱뚱한 사나이는 실내를 눈에 드러나지 않게 어슬렁거리고 있었다. 그리고 아는 손님들을 만나면 정중히 허리를 굽혀 인사하곤 했다.

"점잖은 체 하는데요."

"음…… 여자들을 돌려보내지."

"네, 그러죠."

민 기자는 팁을 주어 여자들을 쫓아버렸다.

지배인은 40전후로 얼굴이 기름지고 목이 굵어 보였다. 기름을 잔뜩 바른 머리를 올백으로 넘기고 있었고, 깨끗한 정장 차림이었다. 어깨가 탄탄해 보이고 넓은 것이 운동깨나 한 것 같았다.

그들은 지배인의 움직임을 하나도 놓치지 않고 지켜보고 있었다.

"어떻게 할까요?"

"글쎄……"

막상 지배인을 알아내긴 했지만 어떻게 해야 할지 알 수 없었다. 그렇다고 불러내서 무턱대고 추궁할 수도 없었다.
"생긴 거 보니까 어깨 같은데요?"
"그럴지도 몰라."
"똘마니들을 거느리고 있을지도 모르겠는데요."
"조심해야지."
시간은 벌써 10시가 지나고 있었다.
그들이 어떻게 해야 할지 몰라 막연히 앉아있을 때 지배인이 누구와 이야기하는 것이 보였다. 건달 같은 청년 하나가 급히 들어오더니 지배인에게 귓속말을 한다.
지배인은 연방 고개를 끄덕인다. 이윽고 급히 청년을 따라 나선다.
"밖으로 나가는 데요……"
"자, 우리도 일어서자."
민 기자가 먼저 밖으로 급히 나가고, 동표는 뒤에 남아 계산을 치렀다. 그 때문에 지체된 시간이 불과 이삼 분 정도였는데, 밖으로 나가보니 지배인도 민 기자도 보이지 않았다.
동표는 이리 뛰고 저리 뛰어 보았지만 민 기자의 모습은 끝내 찾을 수가 없었다.
"원, 이럴 수가……"
동표는 호텔 앞에서 발을 구르며 추위에 떨고 서 있었다.
11시가 지났다. 너무 추워 견디기 어려웠다. 그러나 그는 계속 거기에 서 있었다.

다시 한 시간이 지났다. 그때까지도 민 기자는 돌아오지 않고 있었다.

통금이 시작된 밤거리는 갑자기 무서운 정적 속에 가라앉고 있었다. 순찰 경관이 다가오는 것을 보고 동표는 하는 수 없이 호텔 안으로 들어왔다. 얼었던 몸이 녹기 시작하면서 피로가 몰려왔다. 그는 프론트로 가서 방을 하나 부탁했다.

직원을 따라 엘리베이터를 타려고 하는데 등 뒤에서,

"선배님!"

하는 소리가 들려왔다.

돌아보니 민 기자가 숨이 턱에 차서 뛰다시피 걸어오고 있었다. 동표는 멀거니 그를 바라보다가 잠자코 엘리베이터 안으로 들어갔다. 그 뒤를 민 기자가 따라 들어왔다.

호텔 직원이 있었기 때문에 그들은 입을 다물고 있었다.

방은 10층에 있었다.

방으로 들어서자마자 민 기자는 침대에 털썩 주저앉았다.

"오래 기다리셨죠? 죄송합니다."

"어떻게 된 거야? 열두 시까지 밖에서 기다리고 있었다고."

동표는 창가에 기대서서 후배 기자를 바라보았다.

"그 지배인 자식, 밖에 나가자마자 바로 자가용을 타고 달리지 않습니까. 우물쭈물하다가는 놓칠 것 같아서 다짜고짜 하나 잡아서 탔죠. 하필 콜택시를 집어타는 바람에 요금이 꽤 많이 나왔죠."

"그런 줄 알았어."

"따라갔더니 그 자식 공항으로 가더군요."

"음, 그래서?"

"홍콩에서 오는 손님을 태우고 시내로 들어왔습니다."

지금 R호텔에 투숙하고 있습니다. 방 호실까지 알아 왔습니다.

십 오층 일 호실, 특실에 들었습니다."

"수고했군."

"미행도 쉽지 않더군요. 진땀깨나 흘렸습니다."

"쉬운 일이 아니지."

"그 홍콩에서 온 사나이…… 거물 같던 데요. 내일 한번 자세히 알아봐야겠습니다."

"자네가 있었기에 망정이지……"

"그러나 저러나 오미라가 걱정입니다."

"글쎄 말이야."

동표는 불빛이 사라진 도시의 하늘을 우울한 눈빛으로 바라보았다.

홍콩의 사나이

다음 날 새벽이었다.

어둠이 걷힐 무렵 다리 공사장 인부 하나가 잔설을 밟으며 물가로 내려갔다. 강남으로 뻗는 한강 다리를 만들고 있는 공사장 부근이었는데, 교각을 세우는 공사가 한창 진행되고 있었다.

40대의 그 인부는 밤새 배탈이 나서 벌써 네 번째 곤욕을 당하고 있었다. 어제 저녁에 먹은 돼지고기가 문제를 일으킨 것 같았다.

강가에서 공사를 벌이고 있는 만큼 따로 화장실 같은 것이 있을 리가 없었다. 모두가 적당한 곳을 찾아 적당히 처리하고 있었다.

아직 날이 완전히 밝지 않았기 때문에 배설하는데 남의 눈을 의식하지 않아도 될 것 같았다.

강가로 다가선 그는 담배를 한 대 피워 문 다음 허리띠를 풀었다. 그리고 움푹 팬 곳에 엉덩이를 내리고 자라처럼 목을 움츠렸다.

그의 시야에 무엇인가가 들어온 것은 배설이 거의 끝나갈 때쯤이었다. 저게 뭘까. 그는 눈을 뜨고 강물 위에 떠오른 것을 가만히 바라보았다. 그것은 강물 위에 떠서 내려오다가 거기서 무엇에 걸려 움직이지 않는 것 같았다. 불과 10여 미터 거리였지만 아직 어스름이 깔린 데다 시력이 좋지 않았기 때문에 그는 그것이 무엇인지 잘 알아볼 수가 없었다.

일어서서 허리춤을 조이고 나서 안경을 꺼내 끼었을 때 비로소 하나의 모습이 뚜렷이 눈에 들어와 박혔다.

"저런…… 저럴 수가!"

그는 숙소로 쓰고 있는 건설 현장 사무소 쪽으로 급히 뛰어갔다.

"왜 이리 소란스러워?"

단잠에 취해있던 인부들이 투덜거리며 몸을 일으켰다.

"사, 사람이 죽었어!"

"죽었으면 죽었지 왜 식전부터 시끄럽게 야단이야?"

"나와 보라고! 여자 같은데 벌거벗었다고!"

여자가 벌거벗고 죽었다는 말에 너도나도 일어나 밖으로 몰려 나왔다. 젊은 인부 하나가 허벅지까지 올라오는 장화를 신더니, 장대에다 쇠갈고리를 붙들어 매가지고 물속으로 뛰어들었다.

그것은 여자 시체였다. 30대의 풍만한 목에 나일론 줄이 칭칭 감겨 있었다. 아마 목이 졸려 살해된 것 같았다.

"쯧쯧, 아깝다. 아까워."

"누가 아니래."

"원, 세상에 사람을 저렇게 죽이다니……"

그 참혹한 모습에 인부들은 저마다 한마디씩 했다.

경찰이 신고를 받고 달려온 것은 30분쯤 지나서였다.

한 시간 뒤에는 현장 부근이 수사관들로 법석대고 있었다. 신원을 증명할 것이 하나도 없었으므로 경찰은 피살자의 지문을 찍어 감식 반으로 넘겼다.

결과가 나온 것은 오후 1시쯤이었다. 의외로 빨리 밝혀진 셈이었다. 피살자의 이름은 김신옥(金信玉)이었고, 나이는 36세였다. 사기 및 매음 전과 2범이었고, 비밀요정 마담으로 요정 가에 얼굴이 널리 알려진 여자였다.

경찰은 사흘 전 그녀가 폭행당한 사실을 중시, 일차적으로 그녀를 폭행했던 사나이 이동표를 긴급 수배했다.

경찰이 그의 주소를 급습했을 때 아파트는 텅 비어 있었다. 이것이 사태를 더욱 긴장시켰다. 이동표가 도주했다고 생각한 경찰은 전국에 수배령을 내리고 수만 장의 전단을 만들어 배포했다.

그 시간에 이동표는 R호텔에 잠복하고 있었다. 민영기 기자는 신문사에 가고 없었다. 그는 신문사에 가서 사정을 설명하고 곧 돌아오겠다고 하면서 나갔는데, 아직 나타나지 않고 있었다.

동표는 고급 레스토랑에 앉아 있었다. 호텔 안에 자리 잡은 중국 음식점이었는데, 하는 수 없이 거기에 앉아 식사하고 있었다.

식탁 위에는 이름도 모르는 음식 몇 가지가 놓여 있었다. 냄새 좋고 맛있어 보이는 음식들이었지만 그는 젓가락으로 만지작거리고 있을 뿐 눈은 딴 곳에 가 있었다.

그의 시선이 자주 가는 곳에 네 사람이 앉아 있었다. 그들은 창가에 앉아 있었는데, 여자 하나를 제외하고는 모두 남자들이었다.

동표가 주목하고 있는 사람은 홍콩에서 온 사나이였다. 대화는 그 사나이를 중심으로 돌아가고 있는 듯했다.

50대의 뚱뚱한 그 사나이는 얼굴이 구리 빛이었고 짙은 브라운 빛깔의 안경을 끼고 있었다. 그리고 코밑수염을 기르고 있었다. 대화하고 있는 폼이나 움직임이 멀리서 보기에도 위풍이 있어 보였다. 모르면 몰라도 거물급인 것 같았다.

여자는 그 옆에 앉아 있었다. 20대 초반의 여자로 대단한 미녀였다. 옆에서 정성스럽게 시중을 들고 있는 것이 아마도 간밤에 잠자리를 같이 한 여자 같았다.

그 맞은편에 황제 나이트클럽 지배인과 또 한 사나이가 앉아 있었는데 이쪽으로 등을 돌리고 있어서 모습을 볼 수가 없었다.

지배인 옆에 앉아 있는 그 사나이는 깡마른 모습이었다. 그 사나이는 홍콩에서 온 사나이를 향해 무엇인가 열심히 지껄여대고 있었다.

그들은 한 시간이 넘도록 점심식사를 하면서 대화에 열중하고 있었다.

동표가 초조해 하고 있을 때 민 기자가 J일보 사진기자와 함께 나타났다. 동표도 잘 아는 K일보 사진부의 노명수(盧明洙)라는 사진기자였다. 노련한 사진기자로 동표와 비슷한 연배였다. 그들은 반갑게 악수했다.

"저 작자들 갈까봐 부리나케 왔는데…… 다행이군요."

민 기자가 땀을 닦으며 말했다.

"이야기가 긴 모양이야. 일은 잘 됐나?"

"네, 잘 되다마다요. 지원군까지 오지 않았습니까."

민 기자가 노 기자를 턱으로 가리키며 어깨를 으쓱했다.

"뭐라고 했는데?"

"하여간 도와달라고 그랬죠. 그리고 나는 당분간 이 일에 매달려야 한다고 그랬죠. 대단한 특종감이라고 했더니 별 수 없이 들어주더군요. 들어주지 않으면 별 수 있습니까?"

그는 기분 좋은 듯 크게 웃었다. 그러고 나서 노 기자에게 말했다.

"바로 저기…… 창가에 앉아 있는 자들입니다."

"여자 하나 남자 셋말인가?"

"네, 바로 그자들입니다. 특히 여자 옆에 앉아 있는 사나이를 주목할 필요가 있습니다."

"음, 알았어."

"자신 있습니까?"

"해 봐야지."

"눈치 채이면 안 됩니다."

"염려 마, 기술적으로 찍는 방법이 있으니까. 네 사람 다 찍어야지?"

"네, 얼굴이 뚜렷이 나오게 찍어 주십시오."

"이쪽 두 사람을 찍으려면 저쪽으로 자리를 옮겨야겠는데……"

노 기자는 가방을 열더니, 카메라 하나를 꺼냈다. 그것을 식탁 위에 놓고 망원렌즈를 끼운 다음 초점을 맞추기 시작했다. 위에서 내려다보듯이 하고 찍는 카메라였으므로 여간해서는 눈에 뜨일 리 만무했다. 영상이 잡히자 그는 셔터를 눌러대기 시작했다. 찰칵찰칵하는 소리는 소음에 묻혀 잘 들리지도 않았다.

홍콩의 사나이와 여자를 찍고 난 노 기자는 자리를 옮겨 다른 두 사나이를 찍기 시작했다. 음식을 시켜놓고 먹으면서 자연스럽게 찍었기 때문에 전혀 눈치 채이지 않았다.

그가 작업을 끝내고 돌아왔을 때, 네 사람은 막 일어서고 있었다.

"아슬아슬하게 찍었군요."

"아마 잘 나왔을 거야."

네 사람이 밖으로 나가고 난 뒤 그들도 재빨리 자리를 털고 일어섰다.

호텔 로비에서 네 사람의 남녀는 한동안 서성거리며 이야기를 나누고 있었다. 동표 일행도 눈에 띄지 않게 서서 그들을 감시하고 있었다.

"아마 헤어질 모양인데…… 어떻게 할까요?"

"만일 저 콧수염이 깡마른 사나이와 헤어지면 내가 콧수염을 맡지. 자넨 저 녀석을 맡고……"

"여자와 지배인은 어떻게 할까요?"

"포기해야지. 노 기자는 나와 함께 갑시다."

홍콩의 사나이와 깡마른 사나이가 악수를 나누는 것이 보였다. 깡마른 사나이는 고개를 깊이 숙이며 두 손으로 상대의 손을 잡고 있었고, 홍콩의 사나이는 상체를 세운 채 고개만 끄덕이고 있었다. 그것만 보더라도 강자는 역시 홍콩에서 온 사나이인 것 같았다.

동표와 민 기자는 홍콩의 사나이를 감시하기 전에 그의 숙박 카드를 조사했었다.

민 기자가 프론트맨에게 기자증을 내 보이고 팁을 듬뿍 주자 프론트 맨은 슬그머니 1501호실 숙박 카드를 내보였다. 그 카드에는 투숙자의 이름이 김인식(金仁植)으로 되어 있었고, 나이는 43세, 주소는 서울이었다.

숙박카드는 얼른 보기에도 가짜 같았다. 지배인이란 자가 가명으로 미리 방을 예약해 두었다가 홍콩의 사나이를 맞이한 듯했다.

동표 일행은 같은 15층 5호실을 얻어두고 있었다. 홍콩의 사나이를 감시하기에 좋을 뿐 아니라 연락처로도 필요했기 때문이다.

민 기자가 깡마른 사나이를 따라 호텔 밖으로 사라졌다.

20대 여자는 방으로 돌아가는지 홍콩의 사나이로부터 열쇠를 받아들고 엘리베이터 속으로 들어갔다.

이제 로비에는 홍콩에서 온 사나이와 황제나이트클럽 지배인만 남아 있었다. 이윽고 그들도 호텔 밖으로 나갔다. 동표와 노 기자도 움직였다. 노 기자가 먼저 뛰어나가 택시를 집어 탔다.

지배인이란 자가 주차장 쪽으로 뛰어가더니 회색빛 나는

그라나다 승용차를 몰고 나왔다. 그라나다는 홍콩의 사나이를 태우고 미끄러지듯 차도로 빠져 나갔다.

"저 그라나다를 따라 갑시다!"

동표는 택시에 뛰어 오르며 그라나다를 손가락으로 가리켰다.

"눈치 채이지 않게 따라가야 합니다. 요금은 충분히 드리겠소."

노 기자는 태도가 돌변한 동표의 모습을 보고 조금 놀라는 표정이었다.

그라나다는 별로 속력을 내지 않고 다른 차량들 틈에 끼여 느리게 달려갔다.

반시간 가량 그렇게 달리던 차는 이윽고 한강을 지나 강남으로 들어서더니 어느 야산 밑에 외따로 떨어져 있는 아담한 3층 건물 앞에서 멈춰 섰다.

검은 벽돌로 지은 그 건물은 넓은 정원의 안쪽에 들어앉아 있었다. 정원의 둘레는 높은 담으로 둘러쳐져 있었다. 거기에는 또 수목이 많이 자라고 있어서 잎이 무성할 때쯤에는 내부가 전혀 보이지 않을 것 같았다.

안에서 맹견들이 짖어대는 소리가 나더니, 이윽고 견고한 철문이 열리고 그라나다는 그 안으로 미끄러져 들어갔다.

동표 일행은 수십 미터 떨어져 있는 마을에서 택시를 내렸다. 가까이 접근하다가는 아무래도 미행이 탄로 날 것 같았기 때문이다.

　택시를 눈에 띄지 않게 주차시켜 놓고 동표와 노 기자는 그 건물이 잘 보이는 가게로 들어갔다.

　가게를 보고 있던 젊은 아낙네가 일어서서 그들을 맞았다.

국제 스튜디오

검은 벽돌로 지은 3층 건물 안에서는 이상한 일이 벌어지고 있었다. 그것은 마치 나체 미인 선발 대회를 앞두고 열린 예선 같았다.

20여 평쯤 되는 방의 창문은 모두 검정색 커튼으로 가려져 있어서 밖으로부터의 빛을 차단하고 있었다.

바닥에는 붉은 카펫이 깔려 있었고, 방의 중간에는 장방형의 긴 테이블이 놓여 있었다. 그 테이블 앞에 홍콩의 사나이와 황제 나이트클럽 지배인이 앉아 있었다.

전면은 무대였고, 붉은 커튼이 양편으로 젖혀져 있었다.

스포트라이트가 양편에서 무대를 향해 빛을 뿜고 있었고, 무대 앞 왼편에는 카메라가 고정되어 있었다.

"자, 시작해."

테이블 앞에 앉아 있던 지배인이 테이블을 두드리며 소리치자 무대 오른쪽에서 여자 하나가 걸어 나왔다.

놀랍게도 실오라기 하나 걸치지 않은 완전 나체였다. 늘씬한 미녀로 가슴과 히프가 물결치듯 흔들리고 있었다. 여자는 꿈꾸듯이 움직이고 있었다. 약을 먹였는지 눈에는 초점이 없이 멍한 표정이었고 수치심 같은 것도 느끼지 못하고 있는 듯했다. 목에는 넘버를 달고 있었다.

스물 한두 살쯤 되어 보이는 그녀는 무대 중앙에 멈추어 서더니, 마치 패션쇼에 나온 패션모델처럼 이리저리 몸을 돌려보였다.

테이블 앞에 앉아 파이프 담배를 피우며 느긋하게 나체쇼를 보고 있던 홍콩의 사나이가 파이프로 테이블을 가볍게 두드리며 고개를 끄덕였다. 그와 동시에 카메라가 작동했다.

1번 아가씨에 이어 2번 아가씨가 등장했다. 1번 보다는 훨씬 못해 보였다. 어깨가 꾸부정한데다 허리도 굵었고 다리도 무퉁이었다. 키가 크다는 것 외에는 나은 점이 없었다. 홍콩의 사나이는 테이블을 두드리며 고개를 저었다.

3번 아가씨는 키가 작으면서도 몸이 균형 잡혀 있었고 귀여운 데가 있었다. 홍콩의 사나이는 통과신호를 보냈고, 카메라는 어김없이 작동했다.

 나체쇼는 1시간가량 진행된 다음 잠시 휴식에 들어갔다. 그 동안 60명의 아가씨들이 나체쇼를 보였고, 그 중에서 6명을 제외한 54명이 통과되었다. 홍콩의 사나이는 파이프에 불을 붙이면서,

 "이번 애들은 괜찮은 편이야."

라고 말했다. 발음이 분명치 않은 쉰 목소리였다.

 "네, 최상급으로만 긁어모은 겁니다. 여대생이 십 오명이나 되고, 학력이 모두 고졸 이상입니다. 어디 내놔도 손색이 없을 겁니다."

 "손색이 없어야지. 막대한 돈을 지불하는 건데……"

 "한국에 있는 것이라고는 인적 자원뿐입니다. 저 정도의 여자들은 얼마든지 구할 수가 있습니다."

 "한국 여자들이 인기가 좋아. 자, 시작하지."

 휴식이 끝나고 다시 나체쇼가 시작되었다. 이번에는 한 시간 동안에 70명이 심사를 받았는데 그 중 5명만 탈락하고 나머지 65명은 모두 통과되었다.

 "모두 몇 명인가?"

 "백 열 아홉 명입니다."

 "좋아. 수고했어."

 "얼마씩 받을 수 있습니까?"

 "질이 좋으니까 사천 달러 선은 무난할 거야."

"외화 획득 치고는 최곤데요?"

"그렇지, 으하하하……"

그들은 통쾌하게 웃었다.

"오늘밤 여기서 미녀들하고 파티나"

"그거 좋지, 좋아. 으하하하…… 이따가 외국 친구들 오면 함께 하지. 선도 보일 겸 말이야."

"네, 그럼 준비해 놓겠습니다."

"좋아, 좋아."

홍콩의 사나이는 기분이 썩 좋은지 연방 웃으면서 손을 저어 댔다.

안에서 이런 일이 벌어지고 있는 줄도 모른 채 동표는 카메라 기자 노 명수와 함께 가게 안에서 소주를 마시고 있었다.

"야, 이거 벌써 두 시간이 지났는데……"

노 기자가 답답한지 기지개를 켜면서 중얼거렸다.

동표도 지루하기는 마찬가지였지만 민 기자 일이 걱정되었다.

3층 건물은 겉에서 보기에 적막에 쌓여 있는 듯이 보였다. 드나드는 사람도 없었고 그 밖의 다른 움직임도 전혀 보이지 않았다.

카메라에서 망원경을 뽑아 그것으로 건물을 살피던 노 기자가,

"저것 좀 보십시오. 정문 옆에 뭐가 붙어 있는데요."
하고 말했다.

동표는 망원경을 받아 들고 건물을 바라보았다. 과연 정문 옆 오른쪽 기둥에 문패 같은 것이 두 개 나란히 붙어 있었는데 하나는 〈국제사진작가협회〉라고 씌어 있고 다른 하나는〈국제 스튜디오〉라고 되어 있었다.

"가짜일 거야 보나마나……"

동표는 망원경을 내주면서 중얼거렸다.

가게 여주인의 말로는 그 건물이 세워지기는 5년 전으로 주인이 누구인지는 모른다고 했다. 그리고 자동차로 출입하고 있어서 드나드는 사람들을 볼 수가 없다는 거였다.

다만 풍문으로 여자들이 많이 출입하고 있다는 소문이 있지만 확인된 것은 아니라고 했다.

"가끔 어쩌다가 청년이 여기 와서 술을 사갈 때가 있어요."

여주인이 말끝에 이런 말을 덧붙이자 동표의 눈이 번쩍 뜨였다.

"어떤 청년인데요?"

"저 건물에 살고 있나 봐요. 인상이 안 좋아요. 올 때마다 항상 혼자 중얼중얼 욕을 해요. 무언가 불만이 많은가 봐요."

"무슨 욕을 하던가요?"

"모르겠어요. 아마 친구들 욕인가 봐요. 뭐, 이 새끼들 잘 해 보라는 둥, 성질 같아서는 작살을 내고 싶다는 둥 횡설수설이에요."

"오늘도 다녀갔습니까?"

"아니요. 대개 밤에 와요."

그 가게에는 마침 전화가 있었다. 동표는 먼저 미라의 집으로 전화를 걸어보았다.

어떤 남자가 전화를 받는다. 동표는 의아하게 생각하면서

"오미라씨 좀 부탁합니다."

하고 말했다.

"지금 안 계십니다. 실례지만 누구시죠?"

"좀 아는 사람입니다."

동표는 가슴이 저려왔다. 미라는 아직도 집에 돌아오지 않은 것 같았다.

"이봐요. 왜 찾는 거요? 당신 누구지?"

동표가 전화를 끊으려고 하는데 상대는 끈질기게 늘어지고 있었다.

"좀 아는 사람이라니까요."

"이름을 대봐요!"

"전화 받으시는 분은 누구신가요?"

"나, 이 집에 있는 사람이요!"

"그 집에는 여자들만 있는 줄 아는데……"

"이봐, 당신 뭘 원하는 거야? 이젠 여자를 돌려보내라고. 돌려보내면 문제 삼지 않겠어! 돌려보내기 어려우면 우리가

가서 데려오겠어! 원하는 게 뭐야? 왜 여자를 납치한 거야? 이유를 말해봐!"

동표는 수화기를 철컥 내려놓았다. 비로소 미라의 집에 형사들이 진을 치고 있다는 것을 깨달은 것이다. 아마 미라의 어머니가 딸을 찾기 위해 경찰에 신고한 것 같았다.

잠시 후 그는 R호텔 15층 5호실로 전화를 걸어보았다.

"아, 여보세요!"

민 기자의 목소리가 숨 가쁘게 들려왔다. 오래 기다린 눈치였다.

"어떻게 됐나?"

"아이고, 놓치고 말았습니다. 그래서 김인식에 대해 알아봤죠. 역시 가짜였습니다. 그건 그렇고 난처한 일이 발생했습니다!"

"무슨 일인데?"

"저기, 그 요정 마담 말입니다. 그 여자가 한강에서 피사체로 발견됐습니다. 목 졸린 시체로 말입니다. 오늘 석간에 크게 났습니다!"

"그래?"

동표는 사건이 점점 긴박하게 돌아가고 있음을 느꼈다.

"그런데 경찰에서는 선배님을 살인 사건의 범인으로 보고 수배령을 내렸습니다! 어이가 없어서 저는 한바탕 웃었습니다! 어떡할까요?"

"어떡하긴 뭐……"

그는 기분이 언짢았다. 경찰에 가서 알리바이를 제시하고 해명한다 해도 쉽게 풀려날 것 같지가 않았다.

"지금 경찰에 가서 해명 하시지요."

"지금은 안 돼!"

"지금 어디 계십니까?"

"강남에 있어. 그자들이 있는 곳을 감시하고 있어."

"경찰에 자진 출두하지 않으면 경찰이 더욱 오해를 사게 됩니다."

"하는 수 없지. 지난번에는 자네 때문에 별일 없이 풀려났지만, 이번에는 살인사건이라 달라. 경찰이 속속들이 캐물을 거란 말이야. 그렇게 되면 모든 걸 다 털어놓을 수밖에 없어."

"그렇겠군요. 제가 지금 그리로 가겠습니다. 위치를 좀 가르쳐 주십시오."

민 기자는 한 시간쯤 지나 나타났다.

그들은 아예 가게 옆에 붙어 있는 방 하나를 빌려서 들어앉았다.

동표는 그가 가지고 온 석간신문을 펴들고 살인사건 기사를 읽었다. 거기에는 경찰이 자신을 유력한 용의자로 보고 쫓고 있다는 내용도 들어 있었다. 신문에 난 피살자 사진은 틀림없는 그 비밀 요정 마담이었다. 그는 별로 놀라는 기색도 없이 신문을 내던졌다.

"그 마담이 왜 살해됐을까요?"

"아마 배반했다고 그랬을 테지. 실수를 했다거나……"

"선배님은 앞으로 조심하셔야 합니다. 양쪽에서 형님을 찾고 있을 테니까요."

그때 창가에 서서 밖을 살피고 있던 노 기자가 손짓을 했다. 두 사람은 일어서서 창밖을 바라보았다.

지는 햇빛을 받으며 고급 승용차 두 대가 건물 앞에 다가오더니, 이윽고 안으로 사라지는 것이 보였다. 조금 후에는 마이크로버스가 또 안으로 들어갔다.

날이 어두워지자 그 건물에도 불이 켜졌다.

동표 일행은 라면을 먹으면서 계속 감시했다.

날이 완전히 어두워지자 마이크로버스가 건물에서 불도 켜지 않은 채 미끄러져 나오는 것이 보였다.

"차창에 커튼이 내려져 있어서 누가 타고 쩝모르겠는데……"

망원경을 눈에 댄 채 노 기자가 말했다.

"도대체 이상한 놈들인데……"

"한번 가보죠."

민 기자가 참을 수 없다는 듯 말했다.

"안 돼. 개가 있어."

그때 가게를 지키던 주인 여자가 방문을 급히 노크했다.

"그 청년이 오고 있어요."

밖을 내다보니 과연 한 청년이 건물에서 빠져나와 이쪽으로 급히 오고 있는 것이 보였다.
"저 청년 붙들고 이것저것 좀 물어 보세요."
"아저씨들 뭐 하시는 분들이에요?"
"우리는 에또…… 하여튼 나쁜 사람들이 아니란 것만 알아주십시오."
민 기자가 이죽거리는 투로 말하고 나서 방문을 닫았다. 그들은 방안의 불을 끄고 나서 문틈으로 가게를 내다보았다.
조금 있자 가게 문이 거칠게 드르륵 열리면서 청년이 안으로 들어섰다.
"에이, 시팔……"
"어서 오세요."
"소주 한 병 하고. 오징어도 한 마리 주슈. 어, 시팔 더러워서 못살겠네."
의자에 털썩 주저앉는다. 험하게 생겨먹은 얼굴이었다.

나체의 여인들

　청년이 소주 한 병을 거의 다 비웠을 때 가게 여주인이 슬그머니 말을 걸었다.
　"무슨…… 기분 나쁜 일이라도 있는 모양이지요."
　청년은 그녀를 힐끗 보고 나서 술잔을 탁 놓았다.
　"시팔…… 나 더러워서…… 한 병 더 주슈."
　"어머, 그렇게 마시고 괜찮겠어요?"
　"상관 말아요. 장사하는 여자가 왜 그리 말이 많아요? 팔기만 하면 되잖소."
　"처음 보는 분이라면 몰라도 우리 집 단골이신데 그럴 수가 있나요."

그러면서 여자는 술병을 따 주었다. 청년은 단숨에 한 잔을 더 들이키고 나서 다시 욕설을 뱉어냈다.

"개새끼들…… 더러운 새끼들…… 겉으로는 점잖은 체하면서 그런 짓들이나 하고……"

"무슨 일인데 그래요?"

"아줌마는 몰라도 돼요."

여자는 입을 다물었지만 계속 궁금한 눈치를 보였다.

"아줌마, 정말 알고 싶소?"

"네, 알고 싶어요. 저 집은 뭐하는 집이에요?"

"아무한테도 말하지 않는다면 아줌마한테만 알려주지요. 약속할 수 있어요?"

"네, 약속해요."

"믿을 수 없는데……"

청년은 고개를 갸우뚱하면서 충혈 된 눈으로 그녀를 바라보다가 결심한 듯 입을 열었다.

"지금 저 집에서 뭐하고 있는지 알아요? 섹스 파티를 하고 있다구요. 섹스 파티를……"

여자는 섹스라는 말뜻을 아는지 얼굴을 붉혔다. 그러면서도 물을 것은 다 물었다.

"섹스 파티가 무슨 말이에요?"

"아, 그런 말도 몰라요? 남자하고 여자가 일대 일로 하는 게 아니라 여럿이서 한꺼번에 같이 얼리는 거예요. 개처럼 말이죠."

"어머, 설마 그러려고요."

"허 참, 안 믿으면 할 수 없지."

"옷까지 벗고요?"

"옷이 뭡니까? 벌거벗고 얼리는 거라고요. 뒤엉켜서 아무하고나 붙는 거죠."

"어머나, 세상에…… 어디 그럴 수가…… 저 집이 그런 짓 하는 집이에요?"

"이를테면 그렇다고 볼 수 있죠. 하지만 나도 자세히는 몰라요? 예쁜 계집애들이 들락날락 하는데…… 나중에는 어디론가 가지요."

"어디로요?"

"그걸 내가 어떻게 알아요?"

"거기 계시면서 그것도 몰라요?"

"몰라요. 나는 관리만 맡고 있으니까. 하여간 눈뜨고 못 봐요. 젊은 놈 환장하게 만드는 데는 미치겠어요."

"왜 환장만 하세요? 같이 하지 않고……"

여자가 조금 대담한 질문을 던지자 청년은 눈을 동그랗게 떴다.

"나 같은 놈을 끼워 주기나 한답니까? 보고만 죽으라는 거지요."

청년은 소주 두 병을 다 비우고 나서 일어섰다. 그리고 휘청거리며 나가 버렸다.

동표 일행은 준비를 마쳤다. 준비라고 해서 특별한 것은 없었다. 돼지고기에다 마취제를 섞은 것이었다. 강력한 마취제를 섞긴 했지만 효과가 어느 정도인지는 알 수 없었다.
밤이 깊어가고 있었다.
그들은 11시 조금 전에 가게를 나와 3층 건물로 접근해 갔다. 개가 짖으면 큰일이었기 때문에 그들은 매우 조심해서 다가갔다.
이윽고 담벼락에 닿자 안에서 개들이 이상한 기미를 눈치챘는지 으르렁거리는 소리가 들려왔다. 아직은 정확히 판단이 서지 않았는지 크게 짖지는 않고 있었지만, 금방이라도 무섭게 울부짖을 것 같아 그들은 숨조차 제대로 쉴 수가 없었다.
"자, 시작하지."
동표가 속삭이자 민 기자는 비닐봉지 속에서 돼지고기 덩이를 꺼내 담 너머로 던져 넣었다. 동시에 개가 컹 하고 짖었다. 그러나 그 소리는 그것으로 그치고 대신 서로 먹이를 탈취하려고 으르렁거리는 소리가 들려왔다. 느닷없이 기막힌 먹이가 떨어지자 개들은 정신없이 덤벼들고 있는 것 같았다.
"흐흐흐흐······."
민 기자가 음산한 웃음을 흘리면서 두 사람을 바라보았다.

동표는 고개를 끄덕했다. 민 기자는 담 주위를 돌아가면서 토막 낸 고깃덩이를 골고루 안으로 집어넣었다.

한참 지나자 모든 것이 조용해졌다. 민 기자가 먼저 담 위로 올라가 아래를 내려다보았다.

개 두 마리가 쓰러져서 헐떡거리고 있는 것이 보였다. 마취에 빠져들고 있는 상태인 것 같았다.

민 기자가 손가락을 펴서 V자를 만들어 보이자 동표와 노명수가 뒤따라 담 위에 달라붙었다.

정원으로 뛰어내린 그들은 수목 사이에 몸을 가리고 서서 한참 동정을 살피다가 현관 쪽으로 다가갔다.

대문 바로 안쪽에 경비실이 있었는데, 아까 가게에서 소주를 사마시던 그 청년이 야전 침대 위에 큰 대자로 누워 잠들어 있는 것이 보였다. 한쪽에서는 석유난로가 벌겋게 달아오르고 있었다.

동표는 경비실로 들어가 석유난로의 심지를 줄여 주었다. 매우 여유 있는 행동에 두 사람은 놀란 듯이 바라보기만 했다.

현관문은 안으로 잠겨 있었다.

그들은 집 주위를 돌다가 깨진 유리창을 발견하고는 그 창문을 조심스럽게 뜯어냈다.

"제가 먼저 들어가겠습니다."

민 기자가 나서는 것을 동표는 말렸다.

"아니야. 내가 먼저 들어가서 신호를 보낼 때까지 여기 대기하고 있어."

그들은 실랑이를 벌이다가 결국 동표가 먼저 안으로 들어갔다. 그는 코트를 벗어 붙이더니 상상할 수 없을 정도로 민첩하게 안으로 사라졌다.

안으로 들어간 그는 너무 어두워서 아무 것도 볼 수가 없었다. 움직임을 멈추고 어둠에 눈이 익을 때까지 가만히 서 있었지만 역시 아무 것도 보이지 않았다. 곰팡이 냄새가 나는 것이 오래도록 방치된 방인 듯했다.

그는 조그만 손전등을 꺼내 스위치를 눌렀다.

희미한 불빛에 실내가 어슴푸레하게 드러났다. 온갖 잡쓰레기들이 가득 들어차 있었다.

그는 조심스럽게 그 방을 빠져 나갔다. 밖은 복도였다. 복도에는 푸르스름한 불빛이 침침한 빛을 뿌리고 있었다.

복도로 한 사람이 나오는 것이 보였다. 그는 미처 피할 사이도 없었기 때문에 벽에 찰싹 달라붙은 채 손을 칼날처럼 세웠다. 검은 그림자는 흥얼거리며 춤추듯 걸어왔다. 막 후려치려다 말고 그는 주춤했다.

상대는 여자였는데 그를 보고 놀라지도 않고,

"안녕하세요?"

하고 인사한다.

"네, 안녕하세요."

그도 인사했다. 여자는 반라였다. 취한 듯이 흔들거리며 그대로 그를 지나쳐갔다. 동표는 그녀를 따라가 보았다.

그녀는 화장실로 들어갔다. 문을 열어 놓은 채 변기 위에 올라앉더니 소리도 요란하게 오줌을 눈다. 동표를 보더니 놀라지도 않는다. 수치심도 없다. 앉은 채로 손을 불쑥 내밀더니,

"담배 있어요?"

하고 말한다.

"담배 있지."

동표는 담배를 한 대 내주고 불까지 붙여주었다.

"고마워요."

그녀는 변기에서 일어서면서 팬티를 끌어올렸다. 얼른 보기에도 환각제 같은 것을 먹인 것이 틀림없었다.

"제 방에 가지 않을래요?"

여자가 교태를 보이며 물었다. 브래지어와 팬티 차림이었는데, 풍만한 육체에 비해 얼굴이 앳돼 보였다.

"갑시다."

"아이, 좋아라."

여자는 그의 팔짱을 끼더니 상체를 비벼댔다.

동표는 그녀가 이끄는 대로 따라가 보았다.

그녀는 이곳저곳 문을 열어보다가 아무데나 불쑥 들어갔다. 방마다 여자들이 여러 명씩 뒤엉켜 있었는데, 담배 연기가 자욱했다.

그가 안으로 들어서자마자 여자들이 호물거리며 다가와서

는 그의 목을 끌어안았다. 어떤 여자는 숫제 실오라기 하나 걸치지 않고 있었다. 그녀들은 굶주린 듯이 그에게 매달리며 성감을 자극했다.

"미라!"

그는 나직이 불러 보았다.

"미라! 오미라!"

"네, 여기예요."

"저 여기 있어요."

"이리 오세요."

"어머, 미남이셔."

여기저기서 여자들이 대답하는 바람에 그는 정신을 차릴 수가 없었다. 그는 플래시를 비쳐 여자들의 얼굴을 하나하나 들여다보았지만, 미라의 모습은 없었다. 다른 방에 가보았지만 역시 그녀의 모습은 보이지 않았다.

그때 뒤에서 그를 부르는 소리가 나직이 들려왔다.

"선배님!"

돌아보니 민 기자와 노 기자가 어느새 들어와 있었다.

"연락이 없어서 들어왔습니다."

"음, 이런 구경 해봤나?"

"처음입니다."

아래층을 구석구석 뒤져 보았지만 모두가 환각상태에 빠진 여자들뿐이었다. 동표는 도주를 위해 먼저 현관문을 열어

놓아야겠다고 생각했다.

　조심스럽게 현관문으로 다가서서 고리를 빼고 손잡이를 비트는 순간 여기저기서 빨간 등이 점멸하면서 비상벨 소리가 요란하게 울리기 시작했다.

　아차 했을 때는 이미 늦어 있었다. 불이 환하게 켜지더니 2층에서 건장한 두 사내가 뛰어내려왔다. 둘 다 몽둥이를 들고 있었다.

　"저리 비켜!"

　동표는 싸울 태세를 취하는 민 기자를 물리치면서 그들을 맞았다. 앞장선 자가 다짜고짜 몽둥이를 휘두르면서 달려들자 민 기자와 노 기자는

　'앗!'

하고 비명을 질렀다. 그들의 눈에는 동표가 박살나는 것만 같았던 모양이다.

　그러나 상황은 전혀 딴판이었다. 기세 좋게 달려들던 사내는 목을 싸쥐고 허리를 굽혔다. 이번에는 동표의 구둣발이 그 자의 얼굴을 힘껏 올려 찼다. 사내는 쿵하고 나가떨어졌다. 두 번째 사내는 더욱 맹렬히 돌진해왔다. 동표는 아슬아슬하게 몽둥이를 피하면서 주먹으로 그자의 가슴팍을 후려쳤다.

　"어이쿠!"

　급소를 맞은 사내는 힘없이 나가떨어지면서 몸부림쳤다. 그 동안 민 기자와 노 기자는 비상벨에 연결되어 있는 전깃줄

을 끊어 놓았다.

　동표는 두 사내가 일어나지 못하도록 다시 한 번씩 후려갈겼다. 두 녀석은 거품을 뿜으면서 기절해 버렸다.

　동표 일행은 즉시 2층으로 뛰어올라갔다. 〈출입금지〉라고 쓰인 방문을 열다 말고 그는 흠칫 놀랐다. 그는 못 볼 것을 본 것처럼 상기된 표정으로 두 사람을 바라보다가 다시 문을 조심스럽게 열었다.

광란의 현장

    남녀는 모두 합쳐 10여 명쯤 되는 것 같았다. 남자들 중에는 홍콩의 사나이와 황제 나이트클럽 지배인도 있었다. 그 밖에 백인도 두어 명 있는 것 같았다.
    실내에는 조용한 음악이 흐르고 있었는데 그들은 음악에 맞춰 춤추고 있는가 하면, 카펫 위에서 뒹굴고 있기도 하고 소파에서 엉겨 붙어 있기도 하는 등 제멋대로였다. 그리고 모두가 심한 환각상태에 빠져 있어서 외부의 침입에 둔감한 것 같았다.
    여자들은 웃고, 흐느끼고, 기성을 지르는 등 저마다 가지

각색의 소리들을 내고 있었다. 육체의 향연이 몰고 온 비릿한 냄새가 구토를 일으키게 할 정도로 실내를 가득 채우고 있었다. 민 기자가 문을 닫고 말했다. 그는 그룹 섹스 장면에 꽤나 흥분한 것 같았다.

"여기 지키고 계십시오. 제가 전화를 찾아보겠습니다."
"어떻게 하려고?"
동표가 나직이 물었다.
"경찰에 신고해서 모두 체포해 버리죠."
"괜찮을까?"
"지금 이것만 가지고도 체포 대상이 됩니다. 잡아서 족치면 사실이 드러날 것이고, 오미라 씨의 행방도 알 수 있을지 모릅니다. 우물쭈물 하다가는……"
"잘못 하다가는 허탕 칠지도 몰라. 이 가운데는 외국인도 있으니까, 함부로 다루다가는 문제가 커질지도 몰라."
"그렇다고 이자들을 우리 손으로 모두 다룰 수야 더욱 어렵지 않습니까."
"이러다가 다른 놈들이 들이닥치기라도 하면 정말 큰일입니다."
"경찰에 신고하는 게 좋겠어."
노 명수 기자가 민 기자의 말에 동의했다. 동표도 결국 고개를 끄덕였다.
"그렇게 하지."

"선배님은 걱정하지 않으셔도 됩니다. 제가 알리바이를 댈 테니 걱정하지 마십시오."

"그런 거야 걱정하지 않아."

혼자 남게 되자 동표는 다시 문을 슬그머니 열고 광란하는 무리들을 바라보다가 안으로 들어섰다.

여자 하나가 소파에서 일어나더니 그가 있는 쪽으로 비틀비틀 다가왔다. 머리를 산발한데다 불빛이 어두워서 얼굴을 잘 알아 볼 수가 없었다.

"안녕하세요?"

여자가 웃으며 인사했다. 그도 웃었다.

"어머, 옷을 입으셨네. 옷 벗겨 드릴까요?"

그의 대답을 기다리지도 않고 여자는 겨드랑이 밑으로 손을 쑥 집어넣었다. 그는 기겁을 하고 뒤로 물러섰다.

"이러지 마."

"어머, 즐기고 싶지 않으세요?"

"싫어."

"어머, 이상하셔라."

여자가 몸을 비벼대기 시작한다. 그는 여자를 뿌리치고 황제 나이트클럽 지배인 쪽으로 다가갔다.

"다, 당신은 누구지?"

지배인이 게슴츠레한 눈으로 그를 바라보며 묻는다. 몹시 혀가 꼬부라진 소리였다. 기대앉은 채 여자를 뒤에서 끌어안고 있었다.

"당신 친구도 몰라보나?"

동표는 지배인 곁에 붙어 있었다.

"내 친구라고? 글쎄, 어디서 본 것 같고…… 그런데 기억이 잘 안나."

"기억이 안 나면 할 수 없지. 섭섭한데……"

"미안해."

"미안하다면서 혼자만 이렇게 재미를 보긴가? 괘씸한데……"

"아, 아니야. 맘대로 데리고 놀라고, 맘대로 말이야. 애들이니까 맘대로 골라잡으라고. 데리고 놀다가 싫으면 다른 애로 바꿔도 좋아. 여자는 얼마든지 있으니까 말이야."

"그래? 고마워. 그런데 이 집에는 웬 예쁜 여자들이 이리 많지?"

"그것도 모르나?"

지배인은 동표의 귀에다 입을 바싹 대더니 재빨리 작은 소리로 속삭였다.

"달러 박스야. 어느 상품보다도 좋아."

"달러 박스라니?"

"쳇, 머리가 둔하군."

"응, 좀 둔해. 자세히 말해봐."

"이것들을 잘 포장해서 내보내면 달러를 쓸어 모을 수 있어. 하나에 사천 달러씩은 자신하고 받을 수 있대."

"누가 그래?"

"저기 저 사람이⋯⋯"

지배인은 홍콩에서 온 사나이를 턱으로 가리킨다.

홍콩에서 온 사나이는 침대 위에 엎드려 여자를 희롱하고 있었다.

"저 사람이 누구야? 뭐하는 사람이야?"

"저 사람도 모르나?"

"몰라."

"형편없군. 마카오 박도 모르다니⋯⋯"

"알려줘. 누구야?"

그때 여자가 몸을 틀어대는 바람에 말이 중단됐다. 두 남녀는 짐승 같은 소리를 지르면서 몸을 비벼댔다.

동표는 하는 수 없이 그들의 행위가 끝날 때까지 기다리고 있어야 했다. 그때 문이 열리더니 민 기자와 노 기자가 들어섰다. 민 기자가 전화를 걸었다는 뜻으로 고개를 끄덕하자 동표는 손짓으로 그를 내쫓았다.

지배인으로부터 오미라에 대한 중요한 정보를 우려내기 위해서였다.

"마카오 박은 뭐하는 사람이야?"

지배인은 여자와 일을 다 치르고 나서 마리화나에 불을 붙였다.

"한 대 피워."

"많이 피웠어. 마카오 박이 뭐하는 사람이야?"

"그것도 몰라? 이거야, 이거."

지배인은 엄지손가락을 세워 보였다.

"그게 뭐야?"

"보스란 말이야, 보스……"

"무슨 보스? 조직의 보스란 말이야?"

"음, 그래. 본부는 홍콩에 있어. 여기에는 지점이 있고 말이야. 보스는 홍콩에 살고 있어."

"조직의 이름이 뭐야."

"왜 그런 걸 자꾸 묻지? 함부로 말해서는 안 돼."

"알고 있어. 나한테만 살짝 말해줘."

"생각해 보고나서 말해 줄께."

그때 호루라기 소리가 들려왔다. 정보를 채 빼내지 못한 동표는 당황했다.

"오미라는 어디 있어?"

"오미라는 여기 없어."

"난 그 애가 좋아, 지금 어디 있지?"

"멀리 갔어."

"멀리 가다니?"

동표는 상대를 뚫어지게 쏘아보았다. 다급해진 그는 금방이라도 상대방의 턱주가리를 후려칠 것처럼 보였다. 호루라기

소리가 가까이까지 들려오고 있었다.

"오미라가 어디 있느냐 말이야?"

"멀리 갔다니까."

"멀리 어디로 말이야?"

그는 멱살을 쥐고 비틀었다. 상대방은 캑캑거렸다.

"여, 여수에 갔어."

"여수 어디?"

그때 문이 떨어져 나갈듯 밀어젖히면서 경찰관들이 뛰어들었다. 불이 환하게 켜지자 나체의 남녀들은 비틀거리며 일어났다.

그들은 그때까지 정신을 못 차리고 눈을 멀거니 뜨고 있었다. 노 기자의 카메라가 번쩍번쩍 플래시를 터뜨리는 데도 그들은 피할 생각을 하지 않고 흔들흔들하고 있었다.

백인들은 여자들을 끌어안은 채 웃고 있다가 갑자기 경찰에게 욕설을 퍼부었다.

백인은 모두 두 사람이었고, 그들 외에 일본인도 세 사람이나 있었다.

일본인들은 차츰 사태를 눈치 챈 것 같았다. 그러나 마리화나를 너무 많이 피워 팔다리가 완전히 풀려 있어서 저항할 엄두를 못 내고 있는 것 같았다.

경찰은 출입구를 막고 서서 그들이 모두 옷을 입을 때가지 기다렸다.

이윽고 그들을 모두 끌어낸 다음 경찰은 마지막으로 동표도 연행했다.

동표는 경찰서 유치장에 수감되었다. 그리고 날이 샐 때까지 조사를 받았다. 민 기자가 그의 알리바이를 적극 입증해 주었기 때문에 비밀 요정 마담인 김신옥에 대한 살인혐의만은 벗을 수가 있었다.

그는 알고 있는 모든 것을 털어 놓았다. 털어 놓을 수밖에 없었던 것이다.

"진작 경찰에 털어 놓았으면 벌써 사건이 해결되었을 거 아니오?"

경찰은 모든 것을 듣고 나서 화를 벌컥 냈다.

"무엇보다 급한 건 오미라 씨를 구하는 길입니다. 빨리 손을 써 주십시오."

"지금쯤 죽었을지도 모르지 않소?"

경찰은 신경질을 내면서 수화기를 집어 들었다.

민 기자는 사건 전모를 즉시 신문에 터뜨렸다. 더 이상 숨길 필요가 없었기 때문이다. 다른 신문들은 닭 쫓던 개 지붕 쳐다보는 격이 될 수밖에 없었다.

여배우 오애라의 죽음이 국제 매음조직에 의해 저질러진 살인사건이며, 현재 많은 여자들이 외국으로 팔려나가고 있다는 신문보도는 매우 충격적인 뉴스로서 시민들의 가슴을 강타

했다.

 빗발치는 여론에 경찰은 매음 조직에 대한 수사 전모를 금명간에 밝히겠다고 약속했다.

 그때 동표는 이미 행방을 감추고 있었다. 그는 독자적인 추적을 계속해 볼 생각이었던 것이다. 경찰 수사만을 믿고 기다리고 있기에는 도저히 마음이 편치 않았던 것이다.

 그는 황제 나이트클럽 지배인이 지껄인 말을 사실로 믿고 싶었다. 그래서 석방되자마자 고속버스 터미널로 나가 여수행 고속버스에 올랐다. 여수에 도착한 것은 밤이 깊어서였다. 그는 부둣가에 자리 잡은 초라한 여인숙에 방을 정하고 하룻밤을 보냈다.

 밤새 파도소리가 거세더니 날이 새자 바다는 잠잠해졌다.

 그는 부두로 나가 막 들어온 어선들이 생선을 푸는 광경을 구경했다.

 어시장은 사람들의 고함소리로 왁자지껄했다. 생선 비린내가 신선하게 느껴지고 있었다. 생활의 활기가 가장 직접적으로 느껴지는 곳이 바로 새벽의 어시장이었다. 고함소리, 부산한 움직임, 땟국이 흐르는 옷차림들, 그런 모든 것들이 신선하게 느껴지고 있었다.

 어시장을 지나 부둣가를 따라 한참 걸었다.

 갈매기 떼가 소란스럽게 울어대며 바다 위를 날아다니고 있었다.

오미라는 여수로 내려갔다고 했다. 여수라고만 했지 정확한 주소를 말한 것은 아니었다. 나이트클럽 지배인이라는 자가 환각상태에서 깨어날 경우 모든 것을 부인할 것은 뻔하다. 아마 죽어도 입을 열지 않겠지. 외국인들도 마찬가지다. 마카오 박이라는 자는 말할 필요도 없겠지. 오미라는 이 여수 항구의 어딘가에 숨겨져 있다. 어디에 있을까.

추적의 밤

여인숙으로 돌아온 그는 민 기자에게 전화를 걸었다.

민 기자는 자리에 없었다. 이쪽의 전화번호와 가명을 대고 전화를 부탁한 다음 전화를 끊었다.

반시간쯤 지나자 전화벨이 울렸다. 민 기자로부터 온 전화였다.

"선배님이시죠?"

"어이, 그래."

"선배님인 줄 알았습니다. 별일 없으십니까?"

"음, 난 괜찮아. 내가 여기 있다는 거 혼자만 알고 있지?"

"네, 아무도 모릅니다."

"이것만은 비밀로 해두고 싶어. 미리부터 경찰에 연락할 필요는 없을 것 같아. 미라가 여수에 정말 있는지 없는지 아직 알 수도 없고, 있다고 해도 야단스럽게 찾으러 다니다가는 놓칠 것 같아."

"알겠습니다."

"그자들은 어떻게 됐나?"

"내려가서 말씀 드리겠습니다. 한심해서……"

"한심하다니……"

"증거 불충분으로 가볍게 처리될 것 같습니다."

"그럴 줄 알았어."

민 기자가 노 기자와 함께 비행기 편으로 도착한 것은 정오경이었다.

민 기자는 매우 흥분해 있었다. 동표가 들어있는 여인숙 방에 들어서자마자 복사된 경찰의 수사보고서철을 내놓는다.

"이거 한 번 읽어 보십시오."

동표는 수사보고서를 집어 들고 찬찬히 읽어 보았다.

*마카오 박=본명 박창길(朴昌吉)이며 나이 52세. 국적은 한국이나 현재 홍콩에 주소를 두고 있다.

61년과 65년 두 차례에 걸쳐 마약사범으로 체포되어 통산 2년 5개월을 복역한 바 있으며, 67년에는 폭행치사죄로 다시

검거되어 6년 2개월간 복역했다. 암흑가의 두목이었으며 마약 전문가로 알려져 있다.

75년 4월에 잠적한 이후 처음으로 모습을 드러냈으며, 위조여권으로 홍콩으로 건너가 그곳에 거주하게 된 것으로 밝혀졌다. 현재 홍콩 소재 한도영화사(韓都映畵社) 대표. 영화배우 오애라의 죽음과는 직접적인 관계가 없으며, 국제 매음 조직에 대해서도 뚜렷한 혐의점이 드러나지 않고 있다.

*하상철(河相哲)=43세로 현재 P호텔 황제나이트클럽 지배인이다. 68년 폭행죄로 구속되어 6개월 동안 복역한 바 있으며, 72년에는 강간죄로 다시 6개월간 복역했다. 74년에도 사기죄로 체포되어 1년 2개월간 복역했다. 암흑가를 주름잡는 인물로서 마카오 박과 깊은 관계를 유지하고 있는 것으로 생각된다. 영화배우 오애라의 죽음에 직접적인 관계가 있다는 혐의점은 아직 발견되지 않고 있다. 국제 매음 조직과 손잡고 있을 가능성도 아직 드러나지 않고 있다.

동표는 안색이 창백하게 변하고 있었다.
"다른 녀석들은……?"
"다른 녀석들은 송사립니다."
"외국 녀석들은?"
"지금 조사가 진행 중입니다. 외국에 조회를 해야 하기 때문에 시간이 좀 걸릴 것 같습니다."

"마카오 박과 하 상철에 대한 조사가 이 정도라면 외국인들에 대해서는 별로 기대할 것이 없겠는데……"

"네, 그럴 것 같습니다."

"그들은 기껏해야 추방 정도로 끝나겠어. 마리화나를 피우고 난교파티에 참석했다고 해서 외국인들을 오래 구속시킬 수는 없겠지."

"네, 그렇죠. 매음 조직에 대한 것이 밝혀지지 않으면 가볍게 처리될 수밖에 없겠죠."

"실망인데……"

동표는 입맛을 쩍 다셨다.

"정말 실망입니다."

민 기자는 담배를 뻑뻑 빨았다.

"여기서 어떻게 오미라 씨를 찾겠다는 겁니까?"

잠자코 있던 노 기자가 물었다.

"글쎄, 무슨 뾰족한 방법이 있는 건 아니지. 수소문해 보면 걸리는 것이 있을지도 모르지. 하 상철의 입을 열게 할 수만 있다면 좋겠는데…… 그자는 알고 있을 거란 말이야."

민 기자가 끄덕였다.

"그렇지 않아도 경찰에서 족쳤죠. 하지만 어떻게나 독종인지 한사코 잡아떼고 있습니다. 오애라, 오미라, 마담 김신옥에 대해서 자기는 아무 것도 모른다는 겁니다. 만나본 적도 없답니다."

"잡아떼는 게 당연하지. 순순히 말할 리가 없지. 자기 목이 달려 있는데 말하겠어?"

"미라 씨가 여수에 있다는 거, 믿을 수 있을까요?"

"글쎄, 그거야 모르지. 하 상철이 환각상태에서 지껄인 거니까 뭐라고 할 수야 없지. 그렇지만 내 생각에는 환각상태에서는 거짓말을 할 수 없다고 봐. 일종의 최면상태니까 사실대로 말할게 아닐까 하고 생각하고 있어."

"왜 하필 여수까지 데리고 왔을까요?"

"글쎄……"

동표는 침묵을 지키다가,

"내 생각에는 이런 것 같아. 여자들을 여수로 데리고 와서 여기서 배로 밀항시키는 게 아닐까 하고 생각해. 이건 완전히 상상이지만 그렇게 밖에 생각이 안 돼."

"저도 그렇게 생각하고 있습니다."

"그렇다면 밀항 조직을 찾아야겠군."

노 기자가 말했다.

그들은 약속이나 한 듯 입을 다물었다. 밀항 조직을 찾는다는 것이 그렇게 쉬운 일이 아니었기 때문이다.

그들은 2개조로 나뉘어 활동을 시작했다.

민 기자와 노 기자는 지방 주재기자를 통해 밀항 조직을 알아보기로 하고, 동표는 그 나름대로 찾아보기로 했다.

그들이 나가고 난 뒤 그는 밖으로 나갔다. 그날따라 몹시 날씨가 흐린데다 바람까지 심하게 불고 있어서 배들이 모두 부둣가에 얽매여 있었다.

부둣가에 다닥다닥 잇대어 있는 술집들마다 텅 비어 있었다. 날씨가 좋지 않자 선원들이 모두 일찍들 집으로 들어가 버린 것 같았다.

그는 중년 여인이 지키고 있는 술집으로 들어갔다. 그녀는 부둣가에 오래 굴러먹어 닳을 대로 닳은 인상의 여인이었다. 강파른 얼굴에 입이 튀어나와 있었고, 얼굴빛이 노리끼리했다. 눈빛은 몸에 감겨드는 것처럼 끈적끈적한 느낌이었다. 지지고 볶아 흡사 까치집처럼 뒤엉켜 있는 머리가 불결하기 짝이 없었다.

담배를 꼬나문 채, 안으로 들어서는 그를 곁눈질로 쳐다보기만 할 뿐 아무 소리도 하지 않는다.

그가 자리를 잡고 앉으면서 시선을 마주치자, 그제야 몸을 움직인다.

"옥화야, 손님 오셨다."

방에다 대고 소리친다. 방에서는 아무 기척도 없다. 한 번 더 소리친 다음 그래도 반응이 없자 방으로 다가가 문을 벌컥 연다.

"오매, 자빠져 자고 있네. 잡것 보소. 속곳도 안 입은 것이 가랑이는 왜 저렇게 벌리고 잔 당가."

문을 쾅 닫고 나서 돌아선다.

"뭐 드실라요?"

"소주나 한 병 주십시오."

"안주는요?"

"푸짐하게 찌개 하나 끓여 주시오."

"예, 조금 기다리셔야겠소."

서너 평 되는 실내에는 드럼통을 잘라 만든 탁자 네 개가 놓여 있었는데, 그 안에는 연탄불을 피워놓고 있었고, 그 위에 안주를 끓여가며 술을 마시도록 되어 있었다. 창문을 열어 놓은 데다 외풍이 심해서 연탄가스 냄새는 별로 나지 않았다.

10분쯤 기다리자 찌개가 보글보글 끓기 시작했다.

"한 잔 하실까요?"

그가 미소를 던지자 주모가 다가와 앉았다.

"처음 보는 손님이네요?"

"네, 찌개가 맛있는 데요."

그들은 술잔을 서로 권했다.

"어디서 오셨는가요?"

"서울서 왔습니다."

"먼데서 오셨구먼요."

"네······"

그는 웃음을 잃지 않으려고 애를 썼다.

"어찌 이런 디까지 다 오셨는가요?"

"어쩌다 보니까 그렇게 됐습니다. 손님이 통 없군요."

"날씨가 이래 놔서 손님이 없지요."

주모답게 술을 잘 마신다. 동표도 거침없이 술을 들이켰다. 충분히 취해야 한다고 생각하면서 술잔을 기울였다.

두 병을 비웠을 때 그는 비로소 혀 꼬부라진 소리를 냈다. 주모도 취하는 눈치였다.

그는 말없이 자꾸만 한숨만 내쉬었다. 주모의 눈에 심상치 않게 보일 때까지 한숨을 내쉬자, 마침내 그녀가 넌지시 물어 왔다.

"무슨 걱정 있는 갑소?"

"……"

그는 대꾸하지 않고 또 한숨을 내쉬었다.

"무슨 걱정이라도 있소?"

상체를 기울이고 은근히 물어온다.

"……"

그는 고개를 끄덕였다.

"걱정 없는 사람 없구먼. 손님은 무슨 걱정인가요? 좀 들어 봅시다."

"아무 것도 아니요. 바닷가까지 왔으니, 일이 안 되면 빠져 죽을 수밖에 없지."

"워메, 무슨 남자가 그러요?"

취기가 오르자 입담이 험해진다.

"남자가 좆 값을 해야제. 제 명에 살다가 죽어도 억울헌디 일부러 죽기는 왜 죽어? 헛참 기가 막혀, 남정네들은 다 이렇당께."

주모는 그를 노려보다가 다시 쏟아놓는다.

"내가 왜 요 모양 요 꼴이 된 줄 아시오? 우리 서방이 목매 자살했소. 내 나이 열아홉 때 말이오. 그것이 죽지만 안 했으문 내가 다섯 번이나 서방을 갈아치우지는 않았을 거여. 그 잡것 땜시 내가 오늘날 요 모양 요 꼴이 된 거요. 누구 과부 맨들 생각 허지 말아!"

소리를 꽥 지른다.

"난 장가도 안 갔소."

"에그, 거짓말도 잘 허네."

"정말입니다."

"그럼 뭣 땜시 죽는 당가? 혼자서 이까짓 세상 하나 못 살아?"

암야행(暗夜行)

　동표의 사정 이야기를 듣고 난 주모는 안됐다는 듯이 혀를 끌끌 찼다.
　"에그, 쯧쯧, 그런 사정이 있었구만. 그걸 어쩌지? 하여간 걱정거리 없는 사람 하나 못봤당께."
　동표는 자꾸만 술을 시켰다. 상대를 거나하게 취하게 만들어 놓은 다음에 정보를 알아낼 셈이었다.
　주모의 표정을 살피니 효과는 충분한 것 같았다. 그가 한 거짓말에 세상만사 다 겪은 주모도 그대로 넘어간 것 같았다.
　그는 이렇게 꾸며댔던 것이다. 사기꾼을 만나 1천만 원이라는 거액을 날리게 되자 분노를 이기지 못해 그 사기꾼을 때려죽였다, 라고.

"이제는 끝장이죠, 뭐 사람을 죽였으니…… 이 땅에서는 살 수가 없죠."

"쯔쯧, 그걸 어쩌제?"

"월급쟁이가 천만 원을 모은다는 게 얼마나 어려운 일인지 아십니까? 저는 십년 동안 먹지 않고 입지 않으면서 모은 겁니다. 그 돈으로 조그만 아파트라도 하나 사놓고 아내를 맞이할 생각이었죠. 그런데 그놈이……, 허긴 그 사기꾼 잘못이 아니죠. 제 잘못이죠. 제가 너무 욕심을 부리다가 사기를 당한 거지요. 이자를 많이 준다고 하면서 한 달만 쓴 다고하기에 빌려준 것인데……"

"경찰이 찾으러 다니것소, 잉?"

주모가 겁먹은 표정으로 말했다.

"찾으러 다니라지요. 그 때는 이미 시체가 되어 있을 테니까……"

그는 절망적으로 중얼거렸다.

"아이구, 맙소사! 그런 말마시오. 죽긴 왜 죽는다는 거요? 아, 사기까지 당해 놓고 죽다니, 되는가요?"

"사람을 죽이지 않았습니까."

"그런 사기꾼은 죽어 마땅해요. 아주 잘 죽였어요!"

동표는 눈물을 글썽이며 주모를 바라보았다. 그 눈에는 도움을 바라는 기색이 역력히 드러나 있었다.

"기를 쓰며 살고 싶은 마음은 없습니다."

"사람은 죽으란 법 없소."

"그건 한낱 말이지요."

"아, 꼭 대한민국에서만 살라는 법 있소? 미국도 있고, 일본도 있고, 다른 나라도 많은 디……"

"누가 그걸 모릅니까. 알면서도 꼼짝 못하고 이 땅에서 도망 다니는 거지요. 나갈 수가 있어야지요."

"나갈 수 있으믄 한 번 해 보것소?"

주모의 눈빛이 빛나면서 목소리가 작아진다. 동표는 긴장해졌다. 그러나 내색은 하지 않았다.

"이래도 죽고 저래도 죽을 거라면…… 무슨 일이든 못 하겠습니까."

"옳지, 글씨, 그렇다니까요. 일부러 죽을 필요 없다구요!"

"하도 답답해서 바닷가로 달려온 겁니다. 정작 와 보니까 앞이 꽉 막히는 데요."

"뭘 모르시니까 그라지요."

주모는 탐색하듯 그의 표정을 살피다가 작정한 듯 말을 이었다.

"길이 없는 것도 아니에요. 잘만 하문 일본에 갈 수 있어요. 아, 건너가기만 하문 사는 거 아니에요? 여그 보다야 살기 좋겠제."

"어떻게 말인가요?"

그는 술잔을 탁 놓고 상체를 앞으로 기울였다. 그리고 그녀의 얼굴에서 눈을 떼지 않은 채,

"방법이 있으면 좀 가르쳐 주십시오."

하고 말했다.

"방법이야 몰래 빠져나가는 거지요."

"그렇다면 밀항을 말씀하시는 건가요?"

"그게 뭐 나쁜가요?"

"하기는 그렇죠."

그는 동의한다는 듯 끄덕였다.

"그렇지만 그게 가능할까요?"

"가능헝께 말씀 드리는 거지요."

"그러다가 붙잡히면……?"

"아이구, 맙소사. 구데기 무서워 장 못 담그것소?"

"하긴 그렇죠."

그들은 한동안 말없이 술잔만 기울였다. 서로가 상대의 마음속을 가늠하고 있었다.

먼저 말문을 연 것은 주모 쪽이었다.

"돈 좀 가지고 있소?"

"네?"

"아, 돈말이요. 세상에 어디 공짜가 있나요."

"그, 그렇죠. 좀 가지고 있습니다만……"

"한 장 이상은 있어야 헌디……"

"백만 원 말입니까?"

"거기에다 구전 같은 것까지 포함하문 못 들어도 이것저것 합해 백 오십은 들 거요."

그는 입을 딱 벌렸다.

"아이구, 그렇게 많이 듭니까?"

"차암, 목숨 내걸고 하는 것인디, 그만큼 안 가것소."

주모는 눈을 힐끗거리며 담배연기를 그의 얼굴 위로 길게 내뿜었다. 그는 손으로 담배연기를 털었다.

"돈이 있기는 한데, 그걸 다 써버리면 거기 가서 어떻게 지내지요?"

"압따, 가는 게 문제지 거그 가서 먹고 사는 게 문제요? 어디 간들 산 입에 거미줄 칠라구요."

그가 결정을 못 내리고 우물쭈물하자 주모는 다그쳤다.

"딱 부러지게 결정하라고요. 손님 입장이 하도 딱해서 말씀 드린 거제…… 아무한테나 이런 말 하는 줄 아시오."

"아, 알겠습니다. 그런데 직접 그 일을 하시나요?"

"지가 어떻게 그런 일을 하것소. 알음으로 어찌어찌 알아볼 수는 있다 이거지요?"

"밀항하는 사람이 많은가요?"

"내가 그걸 어찌 알것소?"

"좀 생각해 보고나서 결정하겠습니다."

"그렇게 해요. 잘 생각해서 하라구요. 사람을 죽였으 문…… 어디 여그서 살것소."

동표는 술집을 나와 여인숙으로 돌아갔다. 민 기자 일행은 아직 돌아오지 않았다. 그는 술이 깰 때까지 드러누워 있다가 잠이 들었다.

인기척에 눈을 떴을 때는 어느새 저물어 있었다.

민 기자 일행이 돌아와 있었는데 별로 신통치 않게 대답하는 것이었다.

"주재 기자 말이…… 자기는 얼굴이 알려져서 안 된답니다. 그리고 그런 조직을 건드리다가는 언제 신세 조질지 모른답니다."

"자기가 앞장서지 않고 알아볼 수 있지 않아?"

"그래도 결국은 알려진다는 겁니다. 그리고 요즘은 단속이 심해서 접근이 어렵답니다."

"음, 그래. 그렇다면 할 수 없지 뭐. 난 어쩌면 가능할지도 몰라. 술집 여자를 한 사람 사귀었는데, 그 방면에 대해 알고 있는 것 같아. 우리가 함께 다니면 수상하게 볼 테니까 이제부터는 개별 행동할 필요가 있어. 방도 따로 쓰도록 하고, 남들이 보는 데선 서로 모른 체하도록 하자구."

저녁식사를 하고난 동표는 혼자서 그 술집을 찾아갔다. 저녁이라 술집에는 손님들이 서너 명 앉아 있었다. 주모는 안으

로 들어서는 그를 눈짓으로 부르더니 작은 목소리로,

"생각해 봤수?"

하고 물었다.

"네, 그렇게라도 하겠습니다."

"잘 생각했수. 그럼 이따가 와 봐요."

그녀는 의미심장하게 그를 바라보며 말했다.

"몇 시에 올까요?"

"열한시쯤에 와 봐요."

"알았습니다."

11시 조금 지나 동표는 남해 집을 또 찾아갔다.

술집 안은 텅 비어 있었다.

주모는 눈짓으로 따라오라고 일렀다. 그는 주모를 따라 조그만 방으로 들어갔다.

아랫목에 드러누워 담배를 피우고 있던 청년이 힐끗 이쪽을 바라보더니 천천히 몸을 일으켰다. 아직 서른은 안 된 성 싶은데, 깡마른 얼굴에 눈매가 사나와 보이는 인상이었다.

"아줌마는 나가 있어요."

청년이 턱을 치켜들며 말하자 주모는 잠자코 자리를 비켜 주었다.

"실례합니다."

동표는 조심스럽게 방바닥에 앉았다. 청년은 껌을 짝짝 씹

으며 동표를 아래위로 훑어보기만 했다. 동표도 말없이 상대방을 바라보기만 했다.

무거운 침묵이 한참 흐른 뒤 마침내 청년이 입을 열었다.

"어디서 왔수?"

"서울서 왔습니다."

"멀리서 왔구먼, 혼자요?"

"네, 혼잡니다."

청년의 말투는 매우 건방졌다. 아무리 보아도 나이 차이가 열 살 이상은 날 것 같은데, 한마디로 안하무인이었다.

"이상한데……"

고개를 갸우뚱한다.

"네? 뭐가 말씀입니까?"

"당신 같은 사람이 나서는 게 이상하단 말이요. 그럴 사람 같지 않아."

"원, 무슨 말씀을!"

동표는 펄쩍 뛰었다. 그리고 애걸하기 시작했다.

"제발 살려주시오! 일본에 가게만 해 주시면 평생 은혜는 잊지 않겠습니다! 제발 부탁입니다!"

"글쎄 대강 이야기는 들었는데 정말 사람을 죽였소?"

"그러니까 이런 거 아닙니까?"

"일본말 잘 하슈?"

"네, 좀 할 줄 압니다."

"그럼 괜찮지. 일본말 모르면 거기 가서 애먹어요."

"잘 부탁합니다."

"무슨 일에나 돈이 있어야 해요. 돈만 있으면 달나라에도 갈 수 있어요. 돈 가지고 왔소?"

"네, 돈은 준비되어 있습니다."

말을 가볍게 튕기듯이 내뱉으면서도 청년은 동표의 얼굴에서 잠시도 눈을 떼지 않고 바라보고 있었다.

"알았소. 나로 말할 것 같으면 중간에서 다리를 놔주는 사람이오. 일테면 연락책이라고나 할까. 모든 것은 나를 통해 이루어져요. 다시 말해, 나를 통하지 않고는 아무 일도 할 수가 없어요. 알겠수?"

"네네, 알겠습니다."

청년은 그럴 듯하게 엄포를 놓더니 실제적인 문제에 접근했다.

"삼십을 먼저 내놓으시오. 이십은 내가 잡술 수고비고 나머지 십은 아줌마 몫이다. 선장은 내일 만날 수 있어요."

"가는 건 틀림없습니까? 혹시 틀어지기라도 하면……"

청년은 기다렸다는 듯이 눈을 부라린다.

"이 양반이 사람을 뭐로 알아? 우린 이래도 신용하나 가지고 사는 사람들이야…… 신용이 없으면 이런 짓 못 한다구. 당신 돈 떼먹을까봐 그래?"

"아, 아닙니다. 그게 아니고 걱정이 돼서 한 말입니다. 죄송합니다."

"내가 찍은 사람은 틀림없이 가게 되니까 걱정하지 마시오. 일이 되니까 돈을 받지, 되지도 않는 일을 가지고 돈을 받을 줄 아슈?"

"아, 알겠습니다. 이거 죄송합니다. 하여간 형씨만 믿겠습니다."

동표는 지갑 속에서 30만원을 꺼내 청년에게 건네주었다. 돈을 받아든 청년은 주모를 부르더니 10만원을 서슴없이 던져주었다.

"아줌마 수고비 받으슈."

주모는 한 마디 말도 없이 당연한 것처럼 돈을 받아 챙겼다. 청년은 밖으로 나가다 말고 동표를 돌아보았다.

"참, 당신, 있는 데가 어디지?"

"요 옆 여인숙에 있습니다."

"무슨 여인숙?"

"갈매기 여인숙입니다."

"몇 호실?"

"3호실입니다."

"알았소. 열락이 갈 때까지 기다리고 있어요. 참, 당신, 함부로 입 놀리면 안 돼?"

청년이 휑하니 바람을 일으키며 나가고 나자 동표는 마치 사기를 당한 것 같았다.

"곧 가게 될까요?"

주모에게 은근히 물어보았다. 주모는 냉랭해져 있었다.

"압따, 젠장, 성질도 급하시네. 금방 갈 수 있다요? 사람이 다 차야 허고, 날씨도 좋아야 허고, 걸리지 않게 시간도 맞춰야지요. 그런 것들이 맞아 떨어져야 떠나는 거지. 한 사람만 달랑 태우고 어떻게 떠난 다요. 기름 값도 안 나오것소."

그녀의 말에 틀린 것은 없었다.

"몇 사람이나 함께 가게 되나요?"

"그걸 내가 어떻게 아요?"

"그래도 대강은?"

"쪼그만 배에 태우면 얼마나 태우것소. 한 수무 남은 명……, 많을 때는 서른 명도 태운답디다."

밀항조직

이야기를 듣고 난 민 기자와 노 기자는 이구동성으로,

"그거 혹시 사기 당하는 거 아닙니까?"

하고 물었다.

"사기 당해도 할 수 없지 뭐. 지금으로서는 그쪽이 제일 희망적이니까."

"조심하십시오. 그러다가 선배님이 일본까지 따라가는 거 아닙니까?"

"그렇게라도 해서 미라를 찾았으면 좋겠어."

"나머지 돈은 있습니까?"

"음, 퇴직금으로 받은 게 좀 있어."
"그걸 다 쓰시면 어떡하죠?"
"산 입에 거미줄 치려고."
그들은 씁쓸하게 웃었다.
이튿날 10시경, 서울 본사와 통화를 하고 난 민 기자는 밝은 표정으로 이렇게 말했다.
"외국인들의 신원이 밝혀졌답니다. 백인들은 미국 마피아 단원들이고, 일본인은 일본 최대 폭력 조직인 국화의 깡패들이랍니다."
"마각이 드러나는군."
동표는 당연하다는 듯 중얼거렸다.
"아마 일단 출국한 여자들은 폭력 조직에 넘어가 각국으로 팔려 가는 모양입니다."
"그러겠지."
"FBI와 일본의 경시청에서 곧 요원들을 우리 나라로 파견할 모양입니다."
"그래야겠지."
"그리고 경찰은 오애라가 N호텔에서 추락할 때 이십층 당번 호텔 직원이었던 청년을 유력한 증인으로 찾고 있답니다. 황종철이라고 하는 그 청년은 며칠 전에 호텔을 그만두고 행방을 감추었답니다."
"나머지 놈들은 어떻게 됐대?"

"아직 신병을 확보 중이랍니다. 그놈들은 마약 복용에다 난교 파티를 가진 것만으로도 죄질이 가볍지는 않으니까요. 그리고 여자들은 비밀리에 피해조사를 진행 중입니다. 장래를 생각해서 신상을 공개하는 것만은 삼가하고 있습니다. 여자들은 이제야 비로소 제 정신을 차리고 입을 열기 시작한 모양인데, 하나같이 오애라와 비슷한 케이스로 걸려든 것 같습니다. 경찰은 속속 드러나는 증거 자료들을 보고 기가 질린 모양입니다. 특히 나체 심사 장면을 찍은 사진들을 보고는 말이 안 나온답니다."

"그럴 테지. 여자들은 자기들이 악의 구렁텅이로 팔려 가는 줄을 모르고 있었나?"

"모르고 있었답니다. 단지 일본으로 취직하러 가는 줄 알았답니다."

"기가 막히군."

"그리고 강제로 끌려온 여자들은 심한 약물 중독과 그 동안의 세뇌 교육으로 반쯤 얼이 빠져 있답니다. 아마 그런 여자들은 상당 기간 병원에서 치료를 받아야 제 정신을 차릴 것 같습니다."

그들은 대책을 숙의했다.

일단 호랑이굴을 노크한 이상 굴속으로 들어가야 한다는 데는 이론의 여지가 없었다. 그러나 그것은 위험이 따르는 일이었기 때문에 그것을 감당해 낼 자신이 있어야 했다. 민 기자와 노 기자가 그런 이유로 재고해 볼 것을 종용했지만 동표는 듣지 않았다.

"만일 선배님이 우리와 헤어져 그들을 따라가게 되면 어떡하죠?"

"어차피 헤어지게 될 거야. 그렇게 되면 나는 일본까지 밀항하게 될지도 몰라. 그때 가서는 자네의 역할을 기대할 수밖에 없지."

"그 때는 경찰의 힘을 빌릴 수밖에 없군요?"

"아마…… 그렇겠지. 마지막일 테니까 말이야."

"알겠습니다. 모든 거, 저한테 맡기십시오. 선배님 몸조심이나 하십시오."

동표가 들어 있는 여인숙 3호실 방문에서 노크소리가 난 것은 그날 오후 1시쯤이었다.

문을 열자 어제의 그 청년이 밖에 서 있었다. 청년은 이상한 낌새가 없는지 날카로운 눈매로 그를 살피다가,

"마음 변한 거 아니죠?"

하고 물었다.

"변하다니요, 기다리다 지쳐 자고 있었습니다."

"마음 변했으면 지금 말해요. 일단 거기 들어가면 빠져나올 수 없으니까."

"변할 리가 있습니까. 한시가 급하게 가고 싶습니다."

"그럼 갑시다. 이리 나오쇼!"

동표는 코트를 들고 밖으로 나왔다.

"소지품 없소?"

"없습니다."

청년은 큰 길로 나와 택시를 잡았다. 그들은 택시 뒷자리에 나란히 앉았다. 동표는 비로소 호랑이 굴속에 들어가나 보다 하고 생각했다.

"지금 어디로 가는 겁니까?"

"잠자코 가면 될 거 아니오."

청년은 윽박지르듯이 말하더니 갑자기 목소리를 낮추어 속삭였다.

"선장을 만나러 가는 거요. 선장한테 결정권이 있으니까 잘 보여야 해요. 코가 땅에 닿도록 절만 해요."

"알았습니다."

그는 단단히 마음을 도사려 먹었다.

그때 민 기자와 노 기자는 발을 동동 구르고 있었다. 동표를 태운 택시가 멀리 사라지고 있는데도 택시를 잡지 못해 애를 태우고 있었던 것이다.

"이거, 야단이군. 여긴 왜 이렇게 택시 잡기가 힘들지? 야단났는데!"

"저거라도 탑시다!"

민 기자가 저만치서 달려오는 용달차를 향해 손을 저으며 세웠다.

"뭡니까?"

용달차 운전기사가 급히 차를 세우며 창밖으로 고개를 내밀었다.

"좀 탑시다!"

민 기자는 다짜고짜 운전석 옆자리로 뛰어들었다. 운전기사는 당황해서 그를 밀어내려고 했다.

"요금은 충분히 줄 테니까 이쪽 길로 빨리 달립시다! 빨리 빨리!"

"아니 도대체 왜 이러십니까?"

짐칸에 또 한 사람이 뛰어오르는 바람에 운전기사는 더욱 당황하였다.

"어디 가는 겁니까?"

"택시를 따라가는 거요!"

"어느 택시 말입니까?"

"벌써 떠났어요! 빨리 달리면 찾을 수 있을 거요! 노란 택신데…… 빨리 빨리 갑시다! 속도를 최대로 해봐요!"

"귀청 떨어지겠습니다. 차 넘버는 알고 있나요?"

"봐 뒀어요!"

만 원짜리 지폐 한 장을 운전대 앞에 내놓자 운전기사는 비로소 힘이 나는 모양이었다. 악셀을 힘껏 밟자 용수철처럼 앞으로 튀어 나갔다. 뒷문으로 내다보니 노 기자는 웅크리고 앉아 담배를 빨아대고 있었다.
 한참 달리자 비로소 동표가 탄 노란 택시가 시야에 들어 왔다. 민 기자는 안도의 한숨을 내쉬었다.
 "저기 저, 노란 택시요! 너무 가까이 가지 말고 적당히 간격을 유지 하시오! 눈치 채면 곤란하니까."
 "네, 알았습니다."
 운전기사는 싹싹하게 대답했다.
 "형사는 아닌 것 같고…… 뭐 하시는 분들이죠?"
 "별 볼일 없는 사람들이오."
 "그런 것 같지 않은데요?"
 "그럼 사기꾼 같이 보여요?"
 "사기꾼이 용달차 타고 사기 치나요."
 그들은 그 경황에도 웃었다.
 노란 택시는 시내를 가로질러 가더니, 부둣가로 들어갔다. 동표 일행이 묵었던 부둣가보다 더 혼잡스럽고 지저분한 곳이었다. 택시가 정거하는 것을 보고 민 기자 일행도 용달차에서 뛰어내려 흩어졌다.

 택시에서 내린 청년은 주위를 한 번 휘둘러보더니, 바지에 두 손을 찌르고 어깨를 잔뜩 움츠린 채 잽싸게 걸어갔다. 그 뒤를 동표는 잠자코 따라 갔다.
 조금 후 그들은 판잣집들이 다닥다닥 붙어있는 빈민가로

들어섰다. 부두를 끼고 판잣집들이 두 줄로 늘어서 있었는데 그 사이로 좁은 골목이 나 있었다. 골목에는 비릿한 갯냄새와 함께 역겨운 냄새가 풍기고 있었고, 각종 오물이 지저분하게 널려 있었다. 그리고 그 분위기에 어울리는 모습의 젊은 여자들이 여기저기 판잣집에서 고개를 내밀고 있었다. 하나같이 술집 접대부들이다.

"놀다 가세요."

"화끈하게 해 드릴게요."

그들은 저마다 한 마디씩 던진 다음 무엇이 우스운지 까르르 웃어 젖혔다.

"시끄러, 잡것들아!"

청년이 소리를 꽥 지르자 접대부들은 잠잠해져 버린다. 청년은 그 일대에서 행세깨나 하는 것 같았다.

마침내 어느 2층집 앞에서 그들은 걸음을 멈추었다. 말이 2층이지 엉성하기 짝이 없는 판잣집이었다. 더구나 지은 지 너무 오래되어 거무칙칙하게 퇴색되어 있었다. 밖으로 나 있는 계단을 밟고 2층에 올라가는데, 금방이라도 무너져 내릴 듯 삐걱거린다.

안내자를 따라 동표는 허리를 굽히고 안으로 들어갔다. 방에서 메스꺼운 냄새가 확 풍긴다. 방 안은 어두웠다. 어둠 속에 몇 사람이 앉아 있는 것이 보였다. 천정이 낮아 똑바로 설 수가 없었다.

"이 사람이야?"

어둠 속에서 쉰 목소리가 들려왔다. 너무 쉬어빠져서 소름이 끼치기까지 한다.

"네, 이 사람입니다."

무거운 침묵이 계속되었다.

"이리 와서 앉으슈."

움직일 때마다 판자가 삐걱거린다. 동표는 안으로 다가가 의자에 조심스럽게 앉았다. 발밑에서 파도소리가 들려오고 있었다.

갑자기 빛이 쏟아져 들어오는 바람에 그는 눈을 가늘게 떴다. 누가 덧문을 활짝 열어젖힌 것이다.

열린 문 사이로 바다가 바라보였다. 그쪽에서 찬바람이 몰려 들어왔다.

짐작컨대, 보스로 보이는 자는 빛을 등지고 앉아 있는 검은 형체의 사내였다.

그 앞에 낡은 탁자가 하나 놓여 있었고, 안내자 외에 사내 두 명이 한편에 팔짱을 끼고 앉아 있었다. 옆면에 빛을 받은 그들의 얼굴은 모두 험상궂어 보였다.

보스는 그늘을 안고 있어서 얼굴이 뚜렷이 나타나지 않았다. 입에 파이프를 물고 있었다.

가만 보니 얼굴이 온통 수염으로 덮여 있었다.

앉아있는 모습이 바위처럼 든든해 보였는데, 나이는 마흔

댓쯤 되는 성 싶었다. 턱수염이 무성한 것과는 달리 머리숱은 거의 빠지고 없었다. 길게 찢어진 눈은 감겨 있다시피 해서 마치 졸고 있는 것 같았다.

"나, 털보요."

갑자기 불쑥 손을 내밀었는데, 상대의 손은 갈고리처럼 억센 느낌이었다.

"당신 이름은 듣고 싶지 않아. 알 필요도 없고……"

쉰 목소리에 동표는 속이 뒤틀리는 것 같았다.

"돈 가져 왔소?"

"네, 가져 왔습니다."

"내놔 봐."

다분히 명령조다.

그는 지갑 속에서 만 원짜리 묶음 하나를 꺼내 놓았다.

"얼마야?"

"백만 원입니다."

"음, 좋아."

털보는 그것을 집어 주머니 속에 챙겨 넣었다. 그 모습이 매우 자연스럽고 당당해서 동표는 내심 어처구니가 없었다.

"대기료 이십만 원은 따로 내놔."

이번에는 다른 사내가 말했다. 동표가 어리둥절해 하자 그를 안내했던 청년이 설명을 해준다.

"이제부터 출발 때까지 대기하고 있어야 하는데, 먹고 자고 하는 경비가 이십만 원이란 말이오."

"먹고 자는 것은 제가 스스로 책임지면 안 되나요?"

"말이 많군. 이제부터 개인행동은 안 돼. 일본에 가려거든 우리가 시키는 대로 해!"

"알겠습니다."

동표는 20만 원을 꺼내 탁자 위에 내놓았다. 그것을 다른 사내가 챙겼다.

이상한 별장(別莊)

민 기자와 노 기자는 동표가 들어간 2층 판잣집을 바라보고 있었다. 다른 사람들에게 이상하게 보이지 않으려고 자연스런 태도를 취했지만 한낮에 낯선 곳에서 언제까지 그러고 있을 수만은 없었다.

"분위기가 좋지 않은 곳인데요."

민 기자가 주위를 둘러보면서 말했다.

"음, 그런데. 별로 안 좋아. 눈초리도 사나와."

노 기자는 이미 2층 판잣집 쪽으로 카메라 초점을 맞추고 있었다. 민 기자는 눈에 띄지 않게 그를 몸으로 가려 주었다.

노 기자는 잠바 속에 카메라를 감춘 채 셔터를 눌러댔다. 그는 지금까지 위험을 무릅쓰고 추적의 현장을 빠짐없이 필름에 담아오고 있는 터였다.

술집 접대부들이 길거리에서 서성거리는 낯선 그들을 보고 수군거리기 시작했다. 그들이 거기서 오래 지체하고 있자 이상하게 생각한 것 같았다.

"안 되겠는 데요. 어디 들어가서 한 잔 하는 게 어떨까요?"

"음, 그게 좋겠어. 눈에도 덜 뜨이고……"

그들은 가까운 술집으로 들어가 감시하기 좋은 곳에 자리 잡고 앉았다.

접대부 둘이 그들 곁에 냉큼 붙어 앉아 수작을 붙인다. 그들은 정신은 딴 데가 있으면서 웃어 보였다.

"술하고 찌개 하나 가져와."

"술은 뭘루요?"

"쏘주지 뭐."

"참, 미남이셔. 두 분 다 미남이셔."

"아가씨들이 예쁜데……"

손님이라고는 그들뿐이었다.

방안으로 들어가자는 것을 그들은 그대로 버티고 앉아 있었다.

여자들은 찌든 얼굴을 화장으로 덮어씌운 모습이었다. 술이 들어가자 그녀들은 제법 구성지게 노래를 불러댔다. 민 기자와 노 기자도 한 가닥씩 뽑았다. 접대부의 손이 허벅지를 더듬었지만 민 기자는 모른 체하고 내버려 두었다.

소주를 두 병째 비웠을 때 동표가 계단을 내려오는 것이 보였다. 뒤에 두 사람이 따르고 있었다.

민 기자는 탁자 밑으로 노 기자의 구두 끝을 밟아준 다음 천천히 일어섰다.

여자들이 어리둥절해 하는 사이 그들은 술값을 치르고 재빨리 밖으로 빠져나갔고, 그들을 향해 여자들은 욕설을 퍼부어 댔다.

"야, 이 새끼들아, 가다가 콱 뒈져라!"

"저런, 엠병할 새끼덜…… 퉤퉤퉤!"

민 기자 일행은 부지런히 동표를 따라갔다.

하늘은 어느새 구름이 잔뜩 끼어 있었고, 바다에서는 바람이 불어오고 있었다.

부두를 벗어난 곳에 방파제가 있었고 그 방파제는 섬까지 이어져 있었다.

섬은 조그마했고 수림이 빽빽이 들어차 있었다.

동표는 방파제 위로 걸어갔는데, 방파제는 너무 오래 방치해 둔 탓으로 군데군데가 허물어져 철근이 앙상하게 드러나 있었다.

민 기자와 노 기자는 부두에 정박해 있는 배 위로 올라가 주인에게 양해를 구한 다음 몸을 가리고 앉아서 섬 쪽을 바라보았다.

"저 놈들이 왜 저리로 데리고 가지요?"

"아마, 저 섬에 뭐가 있나 본데……"

망원경으로 앞을 살피던 노 기자가 움직임을 멈추고 긴장하는 빛을 보였다.

"음, 그러면 그렇지."

"뭐가 보입니까?"

"별장 같은 게 있어. 나무 사이로 조금 보이는구먼."

"어디 봅시다."

민 기자는 망원경을 빼앗아들고 섬을 살폈다. 소나무 가지 사이로 건물의 상층부가 희미하게 보였는데 슬래브 지붕의 백색 건물인 것 같았다. 동표를 포함한 세 남자는 이미 숲 사이로 들어서고 있었다.

"어떻게 할까요."

"글쎄 어두워질 때까지 기다릴 수밖에 더 있나. 분명히 감시가 있을 거란 말이야."

"밤이라고 안전 할까요?"

"그래도 낮보다야 낫지."

민 기자는 그물을 손질하고 있는 늙은 주인에게 다가갔다.

"저 섬에 사람이 살고 있나요?"

"그런 가 봅니다."

민 기자가 어부에게 담배 한 갑을 건네자 어부는 몹시 흡족

해 했다.

"원, 이 비싼 걸…… 어디서들 왔나유?"

"서울서 놀러 왔습니다. 바다 경치 좀 찍으려고요."

"아, 그렇구먼. 바다 경치를 찍으려면 배 타고 바다에 나가야지요. 해 질 때 바다는 정말 볼만 허지요."

"네, 그렇겠지요. 저 섬에는 어떤 사람이 살고 있나요?"

"글씨, 듣기로는 서울 부자 것이라는 디, 요즘에는 행실이 안 좋은 사람들이 드나드네요. 다른 사람들은 얼씬도 못하게 하고……"

노인의 말에 의하면 일제 때 방파제가 만들어졌고 섬에는 등대가 있었다고 했다.

그리고 10년 전까지만 해도 그 등대는 제 구실을 하고 있었는데, 다른 곳에 현대식 등대가 세워지는 바람에 그것은 폐쇄 되었다는 것이다.

"그럼 저 별장은 그 뒤에 지어진 것인가요?"

"그렇지요. 전기도 들어오고 지하수를 퍼서 쓰기 때문에 사는 데는 괜찮지요. 좀 외져서 그렇지."

노인은 담배에 불을 붙이고 나서 조금 낮은 소리로 이렇게 덧붙였다.

"소문에 듣기로는…… 저 섬을 밀수꾼들이 이용한다는 디 확실한 건 누가 봐야 알지요. 한 번 서리를 맞을 걸요."

"그래요?"

그들이 크게 끄덕이면서 안타까운 눈으로 섬을 바라보았다. 동표의 모습은 이미 사라지고 없었다.

"저 섬이 이름이 뭡니까?"

"저 섬은 황도(黃島)라고 부르지요. 흙이 유난히 붉다고 해서……"

별장은 섬 정상에서 조금 아래쪽에 바다를 향해 자리 잡고 있었다. 별장 아래는 바로 낭떠러지였고, 그 밑에서는 파도가 성난 짐승처럼 울부짖고 있었다. 아래를 내려다본 동표는 아찔한 현기증을 느끼고는 얼른 상체를 뒤로 젖혔다.

별장은 깎아지른 바위를 이용해서 그 위에 교묘하게 지어져 있었다. 2층짜리 건물로 그렇게 오래된 것은 아닌 듯싶은데 워낙 험하게 사용했는지 사방이 헐어 있었다.

동표는 강렬한 시선을 느끼고 고개를 쳐들었다. 그리고 얼어붙은 듯 그 자리에 우뚝 서 버렸다. 2층 창문에는 쇠창살이 쳐져 있었는데, 놀랍게도 창문 안쪽에 여자들이 굴껍질처럼 다닥다닥 붙어 있었던 것이다. 여자들은 인형처럼 눈을 크게 뜨고 그를 내려다보고 있었다. 동표는 거기서 미라의 얼굴을 찾으려고 눈을 부릅떴다. 그때 안내원이 그의 어깨를 툭 쳤다.

"뭘 보는 거야? 들어가 이 새꺄!"

그가 머뭇거리자 이번에는 발길질까지 한다.

일단 섬으로 들어서자 완전한 죄인 취급이었다. 밀항을 기도하는 놈이니 오죽하랴 싶어서 그러는지 마치 짐승처럼 다루는 것이었다.

젊은 녀석들한테 그런 취급을 받는 것이 기가 막혔지만 동표는 꾹 참고 별장 안으로 발을 들여 놓았다.

별장 내부는 더럽기 짝이 없었다. 여기저기에 온통 오물이 널려 있었고, 악취가 코를 찔렀다. 방 입구에서 안내원이 주의를 주었다.

"일단 방에 들어가면 출발할 때까지 못 나와, 알았어?"

"네, 알았습니다."

"오줌은 방안에서 본다. 똥 눌 때만 화장실을 이용할 수 있어. 세수는 아침 아홉시에 한다. 실컷 잠이나 자 둬."

"언제까지 기다리는 겁니까?"

"이 새끼, 말이 많다! 바다에다 던져버릴까 보다! 잔말말고 들어가!"

안내원은 방문을 열더니 엉덩이를 냅다 걷어찼다.

그는 방 안으로 쓰러질듯 들어섰고, 그의 뒤로 문이 쾅하고 닫히는 것과 함께 자물통이 걸리는 소리가 들려왔다.

그는 한동안 악취와 어둠 때문에 정신을 차릴 수가 없었다.

한참이 지나자 어둠에 눈이 익으면서 방안에 사람들이 가득 들어차 있는 것이 보였다.

창문이 워낙 조그마해서 그곳을 통해 들어오는 빛으로는 방안의 어둠을 모두 물리칠 수가 없었다.

여러 개의 눈들이 음울하게 그를 바라보고 있었다. 그들은 움직이지 않았고, 그를 마치 물건을 대하듯 쳐다보고 있었다.

"서 있지 말고 앉으슈."

누군가가 말했다. 그제야 방안의 사람들은 슬금슬금 움직이기 시작했다.

방바닥은 지저분하기 짝이 없었다. 닳아빠진 이부자리가 바닥에 퍼져 있었고, 그 위에 담요 몇 장이 널려 있었다. 모두가 그 위에 짐짝처럼 널브러져 있었다. 하나같이 기다리다 지친 모습들이었고, 개중에는 병까지 들어 쿨럭쿨럭 기침하는 사람도 있었다.

"실례합니다."

그는 빈자리에 가서 조심스럽게 앉았다.

"어디서 오슈?"

처음의 목소리가 물었다.

"서울서 왔습니다."

"고생 많겠수다."

서너 평 되는 방안에 남자들만 모두 열 한 사람이었고, 젊은이로부터 사오십 대까지 각양각색이었다.

방안에는 담배연기가 자욱했고, 여기저기 소주병이 나뒹굴고 있었다. 온갖 냄새가 뒤엉켜 역겨움을 자아내고 있었다.

"그래도 늦게 와서 재수 좋수다."

"네? 무슨 말씀인지?"

"일주일째 여기서 기다리는 사람도 있수. 그런 사람에 비하면 재수가 좋단 말이오."

"아, 네……"

"무슨 일루 가는 거요?"

"뭐 특별한 이유는 없습니다. 지긋지긋해서 한 번 나가 볼려구요."

"거, 말 한 번 기차게 허네. 우리는 목숨 걸고 나가는 건디…… 꼭 어디 놀러 가는 것 같네. 몇 살이우?"

"사십 고갭니다."

"꽤 먹었네. 일본에 아는 사람 있소?"

"네, 형님이 한 분 계십니다."

"그럼 됐네. 형님이 뭐 해요? 잘 살아요?"

"괜찮게 사는 모양입니다."

"뭘 하는데……?"

"뭐, 호텔업을 하나 봅니다."

"야, 그럼 재벌 아니야?"

모두가 그를 주시한다. 그는 단번에 그들의 관심을 끌었다. 밀항자에게는 든든한 후원자가 있다는 것이야 말로 더없이 크나큰 위안이 되는 것이다.

"호텔 이름이 뭐예요?"

"프린스 호텔이라고 들었어요. 그것 말고도 서너 개 더 있어요."

그들의 얼굴에 감탄하는 빛이 나타났다. 그러나 이내 그것은 의혹으로 변했다. 모두가 밀항을 노리고 모여든, 한 마디로 질이 좋지 않은 자들인 만큼 서로가 상대를 사기꾼 정도로 생각하고 어떤 말도 믿으려 들지 않았다. 동표는 그들이 처음에는 자기의 말을 믿는 척 하다가 뒤에 가서 의혹의 눈초리를 보내자 펙 당황했다.

"거, 일본에 가면 일자리 하나 부탁합시다."

"무슨 일 하려고? 도어 맨? 청소부?"

"그런 거라도 자리만 있으면 좋지."

"그런러 하려구 이 고생하구 거기까지 가? 미쳐도 유분수지. 저 양반한테 잘 부탁해 보슈."

자기들끼리 주고받는 이야기였다. 그들은 약속이나 한 듯 갑자기 입을 다물었다. 그리고 누구도 말하려 들지 않았다.

동표는 자신이 이미 그들의 관심 밖으로 밀려난 것을 깨달았다. 무거운 침묵에 그는 숨이 막히는 것 같았다.

달빛과 파도소리

달빛이 바다 위로 부서져 내리고 있었다.
파도소리가 쏴아 하고 들려오고 있었다.
바닷바람이 차가왔다.
"꽤 추운데……"
노 기자가 잠바 깃을 올리며 중얼거렸다.
파도소리 때문에 말소리가 들리지 않았다.
"뭐라고 그러셨습니까?"
"꽤 춥다고."
"한 잔 하시죠."

민 기자가 소주병을 건네주었다. 노 기자는 소주병을 물고 병나발을 불었다.

"카아, 꽤 독한데……"

"추위가 좀 가실 겁니다."

그들은 폐선을 등지고 모래밭에 주저앉아 있었다.

민 기자는 담배에 불을 붙여 물고 연기를 길게 내뿜었다.

"헌데 이 노인이 왜 안 오죠?"

"오겠지 뭐."

"벌써 삼십 분이 지났는데요."

그때 부두 쪽에서 한 사람이 나타나는 것이 보였다.

"음, 저기 오는가. 본데……"

가까이 다가오는 사람은 노인이었다. 낮에 사귀어 두었던 노인으로 그들은 배를 대절하기로 노인과 이미 약속이 되어 있었다.

"아이고, 이거 늦어서 죄송합니다."

"오히려 저희들이 미안합니다."

"이리들 오시지요."

그들은 노인을 따라갔다.

"만일 무슨 일이 생기면 어떡하지요."

노인이 도중에 멈춰 서서 불안한 듯 물었다.

"걱정하지 않으셔도 됩니다. 별일 없을 겁니다."

"무슨 일인지 모르지만 좀 겁나네요."

"절대로 노인에게 피해가 가지 않게 하겠습니다. 걱정하지 마십시오."

노인의 배는 모래밭 위에 끌려 올려져 있었다. 조그만 목선으로 수리중이라고 했다. 노인은 통통배도 한 척 가지고 있었지만, 소리 없이 접근하는 데는 노로 저어 가는 것이 좋다고 해서 수리중인 목선을 타고 가기로 한 것이다. 그들이 그 대가로 노인에게 지불한 금액은 2만 원이었다.

"바닥에 물이 좀 들어오니까 깡통으로 부지런히 물을 퍼내야 해요."

"네, 그러죠."

그들은 배를 모래밭에서 밀어낸 다음 구두가 젖지 않게 얼른 배 위에 올라갔다.

이윽고 목선은 파도를 헤치고 앞으로 전진 했다.

노인은 규칙적으로 노를 저었고, 민 기자는 허리를 굽히고 열심히 물을 퍼냈다.

"저기…… 한 녀석이 있군."

망원경으로 방파제를 바라보던 노 기자가 민 기자의 귀에다 대고 속삭였다.

방파제가 끝나는 섬 입구 그늘진 곳에 한 녀석이 담배를 피우며 서성거리고 있는 것이 보였다.

"검시가 심하군."

"저기만 지키면 딴 데야 지킬 필요가 없을 겁니다. 섬 뒤로 돌아가면 감시가 없을 겁니다."

배는 눈치 채이지 않게 섬을 멀리 우회하면서 섬 뒤로 서서히 접근해 갔다.

노인은 한 평생 바다를 상대로 살아온 사람답게 강인한 모습으로 익숙하게 노를 저어 나갔다. 마침내 20분쯤 지났을 때 그들은 섬 뒤로 접근할 수가 있었는데, 그쪽은 다른 곳보다도 파도가 심해서 배를 댈 수가 없었다.

"여기다 배를 대봐야 벼랑 밑이라 올라갈 수도 없어요. 조금 저쪽으로 가봅시다."

노인은 옆으로 배를 몰아갔다.

그곳 지리에 밝은 노인이 안내한 그쪽은 파도가 별로 세지도 않았고, 자갈밭이라 배를 대기에 아주 적당했다.

배에서 내린 그들은 노인과 헤어졌다. 노인은 그들이 돌아올 때까지 그곳에서 기다리도록 약속되어 있었다.

그들은 잡목 숲을 헤치고 위쪽으로 조심스레 올라갔다. 불도 없이 어둠 속을 전진해야 했기 때문에 몹시 힘들고 조심스러웠다.

그들은 극도로 주위를 경계하면서 허덕허덕 올라갔다. 금방이라도 누가 덮쳐들 것만 같아 민 기자는 가슴이 조마조마했고, 숨을 잘 쉴 수가 없었다.

잡목 숲을 벗어나자 키 큰 소나무 숲이었다. 해풍에 나뭇가지들이 서로 부딪치며 스치는 소리가 부드러운 속삭임처럼 들려오고 있었다.

두 사람 다 얼굴이 온통 땀으로 젖어 있었다. 민 기자는 거친 숨을 몰아쉬면서 멈춰 섰다. 저만큼 희미한 불빛이 보였던 것이다.

"다 왔습니다!"

그는 숨이 가쁘게 속삭였다.

"음, 저기군!"

그들은 엎드렸다. 그리고 신경을 곤두세우고 기어가기 시작했다.

"감시가 있는지 잘 봐."

"감시는 없는 것 같습니다."

"그럼 안에 있겠지."

별장으로부터 조금 떨어진 곳에서 그들은 움직임을 멈췄다. 솔잎을 스치는 바람소리가 쏴아 하고 들려왔다.

별장은 2층이었고, 희미한 불빛이 아래 위층에서 다 같이 흘러나오고 있었다.

그들은 불빛이 흘러나오고 있는 아래층 창가로 다가갔다. 발소리를 죽이며 창가로 다가선 그들은 한참 동정을 살피다가 슬그머니 몸을 일으켰다. 창문에는 쇠창살이 쳐져 있었다. 그들은 거기다 얼굴을 대고 방안으로 들여다보았다. 불빛이 워낙 침침해서 안이 잘 보이지 않았다. 한참 동안 그러고 있자 방안의 광경이 흐릿하게 눈에 들어왔다. 순간 노 기자의 손바닥이 민 기자의 옆구리를 쿡 찔렀다.

"보이나?"

"네, 보입니다."

그들은 재빨리 속삭였다.

조그만 방안에 사람들이 꽉 들어차 있었는데, 서로 어지럽게 뒤엉켜 있어서 누가 누군지 알아 볼 수가 없었다. 그 중 몇 사람은 둘러앉아서 화투를 치고 있었다. 이번에는 민 기자가 노 기자를 쿡 찔렀다.

"선배님이 있습니다!"

"어디?"

"벽 쪽으로 돌아누워 있어서 얼굴은 안 보입니다!"

"음, 그렇군! 자나보지?"

"네, 잠든 것 같습니다."

그때 마치 그들의 속삭임을 듣기나 한 듯 동표가 상체를 일으켜 앉았다. 벽에 기대앉더니 담배를 피워 문다. 몹시 지친 모습이었다.

여자의 비명이 들려온 것은 바로 그때였다. 2층에서 들려오는 소리였다.

2층의 그 방에서는 두 사람의 여자들이 맹렬히 싸우고 있었다. 나머지 다른 여자들은 무표정한 얼굴로 구경만 하고 있었다.

그 방은 동표가 들어 있는 방보다는 조금 큰 편이었는데,

그 대신 열아홉 사람이나 되는 여자들이 들어 있었다. 그 방 역시 악취가 진동하고 있었고, 더럽기 짝이 없었다.

여자들은 하나같이 넋이 반쯤 나간 모습들이었다. 훌쩍거리는 여자도 있었고 히죽히죽 웃는 여자도 있었고, 알아들을 수 없는 소리로 중얼거리는 여자도 있었다.

두 여자는 아무 이유 없이 싸우고 있었다. 둘 다 20대의 아가씨들이었는데, 몸집이 큰 아가씨가 일방적으로 상대를 공격하고 있었다.

머리채를 잡힌 피부가 고운 아가씨는 꼬집고 할퀴울 때마다 아프다고 비명을 질렀다. 옷은 갈기갈기 찢겨 거의 알몸이 드러나 있었다.

몸집이 큰 아가씨는 머리채를 움켜쥔 채 상대방을 끌고 다녔다. 그 바람에 살결이 고운 아가씨는 허리를 굽히지 않을 수 없었다.

"용서해 줘…… 용서해 줘…… 다시는 안 그럴게 한번만 용서해줘."

그녀는 잘못이 있는 것도 아니었다. 유난히 뛰어난 미모 때문에 그렇게 다른 아가씨들에게 이유없이 수모를 당하고 있는 것이었다.

여자들은 심심하면 그녀에게 때리고 발로 차면서 심한 고통을 가했다. 그래서 그녀의 몸은 한 군데도 성한 데가 없었다. 그뿐이 아니었다. 감시원들한테 제일 많이 불려 나가는 것이

또한 그녀였다. 누구도 감시원들의 말을 거역할 수가 없었다. 열아홉 사람의 아가씨들 중 감시원들에게 육체를 제공하지 않은 아가씨는 한 사람도 없었다. 감시원들은 말을 듣지 않으면 강제로라도 그 짓을 자행하곤 했다. 하긴 여자들 모두가 약물중독으로 환각상태에 놓여 있는 만큼 그렇게 심한 반항을 할 수도 없었다.

"너희들 말 타지 않을래? 말 타라고. 공짜야, 공짜."

몸집이 큰 아가씨가 이렇게 말하자 그때까지 잠자코 앉아 있던 여자들이 하나둘씩 슬금슬금 일어나기 시작했다. 그리고 그들은 고통에 겨워 신음하며 허리를 굽히고 있는 아가씨의 등허리 위로 마치 말을 타듯 올라탔다.

그녀는 비명을 지르며 쓰러졌다가 일어섰고, 그러면 여자들은 다시 올라타곤 했다. 그러한 짓거리는 한참 동안 계속되었다.

그녀는 그동안 그런 짓에 많이 길들여진 듯 쓰러졌다가는 일어나고 하는 짓을 수 없이 반복했다.

그러나 한참 후에는 마침내 기력이 다했는지 무릎을 팍 꺾더니 다시는 일어나지 않았다.

그제야 여자들은 모두 물러났다.

그녀는 거친 숨을 몰아쉬며 쓰러져 있다가 갑자기 발작적으로 일어나 앉으면서 깔깔거리고 웃음을 터뜨렸다.

"아이, 재밌어. 오늘이 제일 재밌어."

"미친년 지랄하네. 재밌긴 뭐가 재밌니?"

"어머머, 쟨 재미있지도 않나봐. 정말 넌 오늘 재미있지 않았니?"

"재미없었어. 네가 자꾸만 쓰러져서…… 무슨 말이 그래 말이 그렇게 잘 쓰러지는 거 첨 봤어."

"어머, 그럼 어쩌지? 미안해. 정말 미안해."

그녀는 갑자기 훌쩍훌쩍 울기 시작했다.

그때 문이 벌컥 열리더니 감시원이 들어왔다. 감시원은 손에 커다란 몽둥이를 들고 있었다. 여자들은 잘 길들여진 개처럼 갑자기 입을 다물고 조용해지면서 두려운 눈길로 감시원을 바라보았다.

"이 잡것들이 왜 잠은 안자고 시끄럽게 지랄들이야? 기합 한번 받겠어? 엉?"

여자들은 와들와들 떨었다. 그녀들은 기합이라는 말만 들어도 공포에 질려 떨어대곤 했다.

"네가 또 야단했지?"

감시원의 몽둥이가 살결이 고운 아가씨의 어깨를 거칠게 쿡 찔렀다. 그녀는 겁에 질려 몸을 파르르 떨면서 고개를 세차게 저었다.

"아, 아니에요!"

"아니긴 뭐가 아니야!"

감시원은 눈을 휘번뜩 거리더니,

"옷을 아예 벗어라. 그런 것 걸치지 말고."

"벗어!"

"네!"

그녀는 냉큼 일어나 갈가리 찢긴 옷가지들을 훌훌 벗어 던졌다.

"넌 출발할 때까지 벗고 지내! 나중에 다른 옷을 한 벌 줄 테니까."

"예쁜 옷 주세요."

"잔말 마! 남자 옷 밖에 없어!"

여자들이 까르르 하고 웃었다.

"시끄러! 야, 동백꽃, 그대로 서 있어봐!"

여자들은 금방 웃음을 거두었고, 동백꽃이라고 불린 아가씨는 알몸으로 포즈를 취했다.

"워매, 그년…… 언제 봐도 좋네. 저것만 보면 환장하겠다니까. 야, 이리 나와. 빨랑 나오랑께!"

동백꽃은 미소를 지으면서 한껏 교태를 지어 보였다. 허리를 틀면서 젖가슴을 내미는 것이 그야말로 도발적이고 육감적이었다.

"어휴, 미쳐! 빨리 나오란 말이야!"

감시원이 꽥 하고 소리치자 그녀는 발끝으로 사뿐사뿐 튀어 나왔다.

그녀는 아래층으로 내려가 어두운 방안으로 들어갔다. 그

방은 불을 지폈는지 따뜻했다.

창밖에서 그것을 유심히 지켜보는 사람들의 눈들이 있었지만 감시원은 아무 것도 모른 채 열심히 여자를 겁탈하느라 허덕거리고 있었다.

부랑(浮浪)의 무리들

 침침한 불빛에 방안의 모습은 잘 드러나 보이지 않았다. 그러나 한참 들여다보고 있으려니 두 사람의 남녀가 뒹굴고 있는 것이 점점 뚜렷이 나타났다.
 "어휴, 저거 저거……"
 민 기자가 거친 숨을 몰아쉬며 중얼거리자 노 기자는 마른침을 꿀꺽 삼켰다.
 "너무 흥분하지 마."
 "흥분 안 하게 됐습니까. 이런 건 처음이에요."
 남녀가 부둥켜안고 관계를 맺고 있는 것을 보기는 처음이었다.

"더 못 보겠는데요."

마침내 민 기자가 창문에서 떨어지며 말했다. 노 기자도 창문에서 물러났다.

"여자가 꼭 죽을 것 같네요. 마른 오징어처럼 납작해져서 말입니다."

"제 3자가 볼 때는 레슬링이라도 하는 것 같지. 여자가 질식이라도 할 것 같지만, 그렇지는 않아. 지금까지 여자가 질식해서 죽었다는 말은 듣지 못했어."

여자의 감창이 자지러지게 들려왔다.

"저건 아주 좋다는 증거야."

"그 정도는 저도 알고 있습니다."

그 경황 중에도 그들은 농담을 주고받았다.

"이제 어떡하죠?"

"글쎄, 들어갈 수도 없고 돌아갈 수도 없고…… 어떡하면 좋을까."

"선배님을 만나야 할 텐데 좋은 방법이 없을까요?"

노 기자는 고개를 저었다. 민 기자도 뾰족한 방법이 생각나지 않아 입을 다물었다.

"선배님이 잠입에 성공한 것은 확실하지?"

"네, 그런 것 같습니다. 그렇지 않으면 벌써 놈들에게 제거됐을 텐데."

수용되어 있는 남녀들이 곧 밀항선을 타고 일본으로 가게 될 것은 의심할 나위가 없었다. 그들은 범법 행위를 자청하고 있는 만큼 어디까지나 밀항 조직 편에 가담해서 행동할 것이 틀림없었다.

"다시 한 번 선배님을 살피도록 하지. 사인을 할 수 있으면 좋겠는데 말이야."

그들은 남자들이 수용되어 있는 방의 창문으로 다가가서 다시 안을 들여다보았다.

여전히 몇 명이 둘러앉아 화투를 치고 있었고, 동표는 벽에 기대 앉아 담배를 피우고 있었다. 창문이 바로 마주 보이는 곳에 그는 앉아 있었다.

다른 사람들은 둘러 앉아서 화투놀이에 열중하거나 잠들어 있었다.

민 기자는 담배에 불을 붙인 다음 창문 앞에 대고 천천히 흔들었다. 몇 번 그렇게 하자 동표의 시선이 마침내 창문에 와 부딪치는 것 같았다. 민 기자는 담뱃불을 거두고 동표의 움직임을 주시했다. 동표는 종이쪽지에다 무엇인가 쓰는 것 같았다. 이윽고 그가 일어나 창문 쪽으로 다가왔다.

두 사람은 물러섰다. 그때 창문이 드르륵 열렸다.

"추운데 문은 왜 여는 거야?"

"담배 연기 좀 뺍시다."

주고받는 말소리가 들려왔다.

창살 저쪽에 동표의 상체가 나타났다.

두 사람은 그 앞으로 다가섰다. 세 사람의 시선이 뜨겁게 부딪쳤다. 그러나 아무 말도 할 수 없었다. 창틀 밑으로 무엇인가 하얀 것이 굴러 떨어졌다. 동표가 고개를 끄덕였다. 그는 뒤로 물러나 창문을 닫았다.

민 기자는 급히 하얀 것을 집어 들었다. 종이쪽지였다. 그들은 숲속으로 들어가 담뱃불로 비쳐보았다. 거기에는 다음과 같이 적혀 있었다.

"기다렸다가 밀항선을 나포하라."

그들은 서로 얼굴을 쳐다보았다.

"이건 뭘 의미하지?"

"경찰에 신고해서 작전을 세우라는 거 아닌가요?"

"그렇군."

그들은 급히 바닷가로 내려갔다.

노인은 그때까지 기다리고 있다가 반색을 하고 그들을 맞았다.

노인의 배를 타고 섬을 빠져나온 그들은 그 길로 해안경찰대를 찾아갔다.

"어떻게 오셨나요?"

통금시간에 갑자기 해안경찰대에 나타난 그들을 보고 경비 경찰이 물었다. 그들은 기자증을 내보이고 안으로 뛰어 들어갔다.

"매우 중요한 건으로 찾아왔습니다."

"무슨 일인데요?"

당직 경찰은 하품을 하면서 귀찮은 듯 그들을 멀뚱히 바라보았다.

"본서에 연락해서 수사 책임자를 불러주셨으면 합니다. 그러면 말씀을 드리겠습니다."

"말해 봐요. 나도 알아들을 수가 있으니까."

"수사 책임자를 부르기 전에는 말할 수 없습니다."

"도대체 당신들이 뭔데 부르라 말라야?"

"나중에 엄청난 일이 틀어질 경우에는 당신이 책임을 지시겠습니까?"

당직 경찰은 비로소 잠이 완전히 달아나는지 그들을 찬찬히 바라보고 나서 비상전화통을 끌어당겼다.

동표는 미칠 것 같았다. 첫날밤은 그런대로 견딜 수 있을 것 같았다. 그러나 이틀째 접어들자 좀이 쑤시고 벌떡증이 나서 참을 수가 없었다. 밖으로 나가 시원한 바람이라도 쐴 수 있으면 좋으련만 그런 것은 일체 허용되지 않았다. 아침에 일어나 세면할 때와 화장실에 갈 때만 방밖으로 잠시 나갈 수가 있을 뿐이었다.

식사라고는 라면 끓인 것이 고작이었다. 그야말로 감옥보다 못한 대우였지만 사람들은 일본에 간다는 생각만으로 그것을 견뎌내고 있는 것 같았다. 평소 같으면 참을 수 없는 일인데도 그들 스스로가 자청하고 나선 길이라 대단한 인내심들을 발휘하고 있었다.

"도대체 언제쯤 떠나게 되나요?"

동표는 짜증스럽게 던져 보았다.

"그거야 누가 알 수 있나요."

구석 어두운 곳에서 한 사람이 대답했다.

"그렇다고 언제까지고 이렇게 기다리고 있을 수만도 없는 거 아닙니까?"

"그거야 그렇지요. 어제 들어온 사람이 얼마나 기다렸다고 벌써 짜증을 내슈? 잠자코 기다려요. 기다리면 복이 있을 테니……"

그 말에 모두가 흐흐하고 음산하게 웃었다. 동표는 계속 투덜거렸다.

"어, 미치겠네. 이거 열나서 기다릴 수가 있나. 내일까지 기다렸다가 안 가면 그만둬야지."

"돈까지 주고 포기해요?"

"돈은 받아내야지요."

"누가 주나?"

"안 주면 가만있나요."

"가만있지 않으면 어떠하겠다는 거야?"

구석자리에 담요를 뒤집어쓰고 누워 있던 젊은이가 느닷

없이 동표의 옆구리를 걷어찼다. 갑작스런 공격에 깜짝 놀라 상대를 바라보았다.

그 청년은 그들 중 비교적 자유롭게 방밖으로 출입이 허용되고 있는 유일한 자였다. 아마도 밀항 조직원과 내통하고 있는 자인 듯했다.

동표는 그자가 걸려들기를 기다린 것인데, 아니나 다를까 격한 반응을 보여 오고 있었다.

"이 새끼, 가만 보자 보자 하니까 함부로 놀아나고 있구먼. 낯살이나 먹은 것 같아서 가만 두고 보자니까 이 새끼가 겁도 없이 까불어. 야!"

다시 옆구리를 걷어찬다. 동표는 잠자코 맞아 주었다.

"잘 들어둬. 일단 여기 들어온 이상 우린 일본에 갈 때까지 함께 행동하는 거야. 생사고락을 함께 하는 거야. 들어왔다가 가기 싫으면 돈 받아가지고 나갈 수 있는 그런 게 아니란 말이야. 경찰에 신고하지 않는다고 누가 보장해? 나가겠다고 하는 놈은 배반자야. 살려 둘 수 없어!"

상체를 일으키더니 잭나이프를 철컥 펴서는 코앞에 들이댄다. 동표는 긴장했다. 언제라도 상대의 급소를 칠 수 있도록 상대를 노렸다.

"허, 이 새끼가 꼬나보네. 너 정말 죽고 싶어?"

칼끝이 얼굴에 겨누어진 채 주먹이 번개같이 복부로 날아들었다.

"아이고!"

동표는 일부러 엄살을 떨었다.

몸이 호리호리한 청년이 눈을 잔뜩 부릅뜨고 계속 위협조로 나왔다.

"사람 하나 죽이는 거 간단해. 너 같은 거 죽여서 바다에 던져버리면 끝나는 거야. 돌멩이를 달아서 던지면 영원히 물귀신이 되는 거야."

청년의 칼끝이 이번에는 턱밑을 살짝 건드렸다. 동표는 턱을 치켜 올렸다. 그리고 목줄이 꿈틀거리도록 마른 침을 연달아 삼켰다.

"나 이래 봐도 시시한 놈 아니야. 생기기는 이렇게 생겼지만 무시하면 안 돼."

"아, 알겠습니다. 제가 잘못했습니다."

동표는 겁에 질린 눈으로 상대를 쳐다보았다.

"밖에다 알릴까? 배반자는 어떻게 되는지 알지?"

"잘못했습니다. 용서해 주십시오. 이제 다시는 안 그러겠습니다!"

청년은 이제 완전히 잡았다고 생각했는지 동표의 얼굴을 철썩철썩 갈겼다. 동표는 비참한 모습으로 빌었다.

"야, 이 새끼 어떻게 할까?"

청년이 다른 사람의 의견을 구하듯 물었다.

"안 그런다니까 한 번만 봐 주지 뭐."

"그래, 한 번만 봐 줍시다."

"요시, 좋다! 이번은 봐 준다! 또 그러면 알지?"

청년이 머리를 쥐고 벽에다 짓찧는 바람에 동표는 뒤통수가 얼얼했다.

"잘 알았습니다. 절대 안 그러겠습니다."

"그럼 무릎 꿇고 감사하다고 그래. 여기 있는 사람들한테 큰 절을 한 번씩 하란 말이야!"

"네, 그러겠습니다."

동표는 일어나서 그들에게 일일이 큰 절을 했는데, 모두 열한 번이나 되었다. 절을 할 때마다 그들은,

"오냐. 밥 묵었냐?"

"오냐. 오래 살 거라."

"오냐. 허 고것이……"

"오냐. 냠냠……"

"오냐. 쩝쩝……"

하고 저마다 한 마디씩 하는 거였다.

그런 지저분한 절차가 끝나고 나서야 동표는 겨우 한숨을 돌릴 수 있었다.

한참 후 그는 그 청년에게 슬그머니 접근하여 아첨하듯 입을 놀렸다.

"담배 한 대 태우시지요."

"아까는 미안했어."

청년은 여유 있게 담배를 받아들었고, 동표는 두 손으로 불까지 붙여 주었다.

"헤헤…… 앞으로 잘 좀 부탁합니다."

"잘해 봅시다. 일본에 가면 내가 당신한테 부탁할 일이 있을지도 몰라."

"네, 얼마든지 부탁하십시오. 힘닿는 데까지 도와 드리겠습니다."

"형이 호텔업 한다는 거 정말이오?"

이번에는 청년의 말투가 은근해졌다. 실눈이 지그시 그를 바라본다.

"아. 네, 그럼요. 제가 왜 거짓말을 합니까."

"프린스 호텔이라고 그랬죠?"

"네, 그렇습니다."

"프린스 호텔이면 동경에서 알아주는 일류 호텔이지."

"어떻게 아십니까?"

"좀 알아요. 그 계통에서 일했기 때문에……"

"아, 그런가요!"

"일본에 가면 프린스 호텔에 일자리 하나 부탁합시다. 이래뵈도 그 계통에서 오 년 동안 일했어요."

"아, 그거야 형님한테 부탁하면 얼마든지 가능할 겁니다. 실례지만 어디서 일하셨는가요?"

"얼마 전까지 N호텔에서 일했지. 끗발이 괜찮았는데 시팔

사고가 나는 바람에……"

"무슨 사곤데요?"

"그것 때문에 꽤 떠들썩했어. 그대로 가라앉는 줄 알았는데……"

"무슨 일인데요?"

"그 정도로 알아두슈."

동표는 더 묻지 않았다.

그는 여배우 오애라의 죽음에 유력한 증인이라고 할 수 있는 호텔 보이 황종철이었던 것이다.

바람과 비

황도 앞 3백 미터쯤 되는 곳에 조그마한 무인도가 하나 있었다.

네 사람의 해안 경비대원이 거기에 숨어 고성능 망원경으로 24시간 황도를 감시하고 있었다. 그들은 교대로 감시하고 있었는데, 훈련이 잘된 팀이라 잠시도 망원경에서 눈을 떼지 않았다.

그들은 위장된 텐트 속에서 기거하고 있었고, 30분마다 본부로 이상 유무를 보고하고 있었다.

본부는 해상에 있는 해안 경비정에 설치되어 있었다.

해안 경비정은 수평선 저쪽 반대편의 보이지 않는 곳에 대기하고 있었고, 민 기자와 노 기자는 f바로 그곳에 함께 동승하고 있었다.

그들은 이제나 저제나 하고 경비정의 출동을 기다리고 있었다. 그러나 경비정은 한 곳에 머물러 좀처럼 출동할 기미를 보이지 않았다.

한편 동표는 나흘째 밤을 맞이했다.

비가 오는 밤이었는데, 바람까지 불고 있어서 파도가 높이 일고 있었다. 설마 이런 밤에야 밀항하지 않겠지 하고 생각하면서 동표는 일찌감치 잠자리에 들었다.

나흘 동안 수용되어 있으면서 그는 몰라보게 수척하고 초라해져 있었다. 턱은 수염투성이였고, 옷은 온통 구겨지고 때에 절어 있었다.

그런데 그가 막 잠이 들려고 했을 때 문이 덜컥 열리면서 경비원이 들어왔다. 그는 드러누워 있는 사람들을 발로 툭툭 걷어차면서 거칠게 말했다.

"모두 일어나! 일어나! 출발이다."

짐짝처럼 누워 있던 사람들은 기다렸다는 듯이 벌떡 일어났다. 동표도 얼른 일어나 앉았다.

"저, 정말 가는 겁니까?"

"그래. 정말 가는 거야."

"이렇게 날씨가 험한 대두요?"

"간다면 가는 것이지 왜 잔말이 많아! 이런 날 떠나야 무사히 빠져나갈 수 있다고!"

사람들은 부산하게 짐을 챙기기 시작했다.

동표는 짐을 챙길 것도 없었으므로 코트를 입고 먼저 밖으로 나갔다.

오래 만에 바깥바람을 쐬자 머리가 핑 돌았다. 그는 나무가지를 붙잡고 서서 캄캄한 벼랑을 내려다보았다. 벼랑 아래로 파도가 하얗게 일어서는 것이 어렴풋이 보였다.

조금 있자 여자들이 몰려 나왔다.

여자들은 의외로 조용했다. 비바람이 치자 추운지 몸을 움츠리고 있었다.

동표는 그들 가운데서 미라를 찾아내려고 눈을 곤두세웠다. 그때 경비원이 여자들을 몰아갔다.

"빨리 빨리들 가! 싸게 싸게 가라고! 저쪽으로! 저쪽으로!"

여자들을 오솔길을 따라 섬 뒤쪽으로 천천히 내려가기 시작했다. 어떤 여자는 가지 않겠다고 울면서 앙탈하고 있었다. 그런 여자는 거친 욕설과 함께 경비원의 발길에 채이면서 끌려가게 마련이었다.

여자들이 모두 사라지자 뒤이어 남자들이 오솔길로 들어섰다.

섬 뒤쪽으로 내려가자 거기에 배가 한 척 대기하고 있는 것이 보였다. 제법 큰 배였다.

배는 불빛 하나 없이 어둠 속에 웅크리고 있었다.

사람들은 한 사람씩 배에 올라갔다. 모두가 묵묵히 움직이고 있었다.

일단 배에 오른 사람들은 그 즉시 갑판 밑에 교묘하게 만들어진 골방 같은 곳으로 들어갔다. 열 사람쯤 들어가서 앉을 수 있는 곳에 서른 한 사람이 들어가니 사람 위에 사람이 겹쳐 앉는 꼴이 되었다. 남자들과 여자들이 서로 뒤엉키는 바람에 그 좁은 공간에서는 때 아닌 소동이 일어나고 여자들의 비명이 난무했다.

"이 잡것들이, 조용하지 못해! 끽소리 하지 말라고 그랬지 않아!"

그들의 몸 위로 차가운 바닷물이 뿌려졌다. 그제야 소동과 비명이 멎고 조용해졌다.

마침내 배는 밀항의 닻을 올리고 거친 파도 위로 움직이기 시작했다.

그러자 호송을 맡은 선장이 갑판 위에 버티고 서서 일장훈시를 하기 시작했다.

"나는 털보 선장이다! 내 말을 잘 듣기 바란다! 이제부터 너희들의 운명은 내손에 달려 있다! 항해가 끝날 때까지 꼼짝하지 말고 그 속에 있어야 한다! 밖으로 나오거나 소리를 내어서는 절대 안 된다! 만에 하나라도 말을 듣지 않는 자가 있으면 가차 없이 바다에 던져 버릴 것이다. 사람 하나쯤 바다에 던져 버리는 건 쉬운 일이야, 육지에서와는 달리 흔적도 남지 않아! 태평양 물귀신이 되기 싫거든 꼼짝하지 말고 조용히 해주기 바란다! 알았나?"

"......"

대답 대신 무거운 침묵만 흐른다.

"왜 대답이 없어? 알았느냐 말이야!"

"네, 알았습니다."

비로소 사람들은 주눅이 들린 목소리로 대답했다.

무거운 뚜껑이 쾅하고 덮이자 칠흑 같은 어둠이 파도처럼 덮쳐 왔다.

동표는 일찍이 그렇게 완전한 어둠을 경험한 적이 없었다. 다른 사람들도 마찬가지인 것 같았다.

남자들은 그런대로 인내심을 가지고 침묵하고 있었다. 반면 여자들은 그렇지가 않았다. 여자들은 소리를 죽인 채 신음하고 있었다. 그 중에는 흐느끼고 있는 여자들도 있었다. 어둠과 공포, 질식할 것 같은 분위기가 여자들을 가만있지 못하게 만들어 주고 있었던 것이다.

동표는 가슴에 압박을 받고 있었기 때문에 숨쉬기가 거북할 지경이었다. 콩나물시루처럼 사람들 사이에 꼭 끼여 앉아 있었으므로 옴짝달싹할 수가 없었다. 앞에서 가슴을 짓누르고 있는 사람은 여자였다. 오른쪽에도 여자가 앉아 있었다. 배가 몹시 흔들렸다. 그 바람에 사람들이 이리저리 밀리면서 고통을 호소했다. 동표는 이때라 생각하고 작은 목소리로,

"미라!"

하고 불렀다.

그의 품에 안기다시피 앉아 있던 앞의 여자가 꿈틀하는 것 같았다.

"오미라! 있으면 대답하시오! 오미라! 미라."

그러자 그의 앞의 앉은 여자가 고개를 뒤로 돌리는 것이 느껴졌다.

"다, 당신은 누구죠?"

귀에 익은 목소리에 동표는 상대방을 얼싸안았다.

"미라! 미라!"

"다, 당신은?"

그녀는 아직도 그가 누군지를 못 알아보고 있었다. 동표는 안타까웠지만 큰 소리를 낼 수도 없었다. 그래서 귀에다 대고 속삭였다.

"나, 동표요! 이동표!"

"어머나!"

그녀의 몸이 경련을 일으켰다. 동표는 으스러지게 그녀를 끌어안았다.

"쉿! 조용히 해요! 그냥 가만히 있어요!"

"서, 선생님이 어떻게 여기에……"

그는 경악하는 여자의 입을 손으로 틀어막았다. 그녀는 그에게 몸을 내맡기면서 한편으로 도리질했다. 믿어지지 않는 모양이었다. 그러다가 그가 더욱 세차게 끌어안자 그의 가슴을 파고들면서 끝내 흐느끼기 시작했다.

"그쪽, 왜 그렇게 시끄러? 조용하지 못해!"

황종철의 목소리가 들려왔다. 동표는 미라의 입을 다시 손으로 틀어막으면서,

"조금만 참아요!"

하고 속삭였다.

정체불명의 선박이 황도에 한참 머물렀다가 출발하는 것이 흐릿하게 보였다. 그들은 어둠 속에서도 볼 수 있는 특수 망원경을 눈에 대고 있었지만, 워낙 비바람이 치고 있었기 때문에 시야가 뚜렷이 나타나지가 않았다. 아무튼 괴선박이 움직이고 있는 것만은 틀림없는 것 같아서 그들은 자고 있는 대원들을 깨웠다.

"모두 기상! 드디어 나타났다! 기상!"

잠들어 있던 대원들은 기계처럼 튀어 일어났다.

잠시 후 본부로 괴선박이 나타났다는 경비원의 무전보고가 날아들었다.

보고를 받은 해안경찰대 경비정은 즉시 비바람을 무릅쓰

고 출동했다.

　길목을 가로막고 기다린지 10분쯤 되자 어둠 저쪽으로부터 괴선박이 어렴풋이 나타났다. 경비정은 파도를 헤치고 전속력으로 달려갔다.

　그때 민 기자와 노 기자는 갑판에 나와 있었다. 비바람이 얼굴을 후려치고 있었지만 그들은 아랑곳하지 않고 어둠 속을 응시하고 있었다.

　"별일 없을까요?"

　"글쎄……"

　그들은 동표에게 무슨 일이 일어나지 않았을까 하고 걱정하고 있었다. 일의 성공 여부는 둘째 치고 그의 안부가 제일 궁금했던 것이다.

　"저 자식들, 총 가지고 있지 않을까요?"

　"가지고 있겠지."

　그것을 증명이라도 하려는 듯 잠시 후 괴선박 쪽에서 총소리가 났다. 경비정은 사이렌을 울리면서 놈들을 향해 접근해 갔다. 괴선박은 방향을 급히 돌려 섬 쪽으로 도주하고 있었다. 도주하면서 마구 총을 쏘아대고 있었다. 경비정에서 마침내 드르르하고 기관총을 발사하자 괴선박은 총질을 멈추고 도망치기만 했다.

　"정지하라! 정지하라!"

　경비정에서는 계속 마이크로 정지 명령을 보내고 있었지

만 괴선박은 악착스럽게 도망치고 있었다.

경비정은 부두에 대기하고 있는 해안 경비대에 즉시 황도를 확보한 다음 괴선박을 나포하라고 지시했다.

밀항선은 경비정에게 쫓겨 섬 쪽으로 열심히 도망치고 있었다.

"배가 섬에 도착하는 대로 각자 도망친다!"

털보 선장이 말했다.

"어디로 도망칠 건가요?"

"그건 각자 마음대로 하라구! 거기에 대해서는 책임질 수 없어!

동표는 미라를 끌어안고 있었다. 그녀는 남자 옷을 걸치고 있었다. 동표는 이때라 생각하고 황종철을 찾았다. 그는 난간을 붙잡고 쭈그리고 앉아 있었다.

동표는 그 뒤에 바싹 붙어 앉으면서 황종철의 목을 휘어 감았다. 갑작스런 기습에 황은 발버둥 쳤다. 바람 치는 어둠 속인데다 배 속에는 일대 혼란이 일어나고 있었기 때문에 다른 사람들의 눈에 그것이 보일 리가 없었다. 동표는 안심하고 힘껏 목을 죄었다.

"오애라를 죽인 놈이 누구야? 빨리! 빨리 대답해! 대답하지 않으면 죽인다!"

황은 벗어나려고 발버둥 쳤지만 동표는 끄덕도 하지 않았다. 무섭게 죄어드는 힘에 그는 몇 번 몸부림치다가 결국 굴복

하고 말았다. 목을 조금 늦추어 주자 심하게 기침하고 나서 마침내 입을 열었다.

"하…… 하…… 하…… 상…… 철……"

"하상철이 누구야?"

"호텔 황제 나이트클럽 지배인입니다."

"어떻게 죽였어?"

"강간하고 나서…… 창밖으로……"

"너도 함께 있었지?"

"아, 아닙니다. 저는 밖에서 망을……"

동표는 상대를 엎어 놓고 등짝을 후려갈겼다. 황은 비명을 지르며 개구리처럼 납작 뻗었다. 동표가 다시 내려치려고 하자 미라가 그의 팔에 매달리며 소리쳤다.

"죽이지 마세요……"

동표는 멈칫했다. 하마터면 실수를 저지를 뻔한 것을 알고 그는 소름이 돋았다.

배가 섬에 닿자마자 밀항자들은 다투어 우하니 뭍으로 뛰어 내렸다. 물에 뛰어든 그들은 옷이 젖는 것도 상관하지 않은 채 첨벙첨벙 뭍으로 올라갔다. 그때 사방에서 강한 불빛이 그들을 포위했다.

"꼼짝 마라! 모두 손들어! 움직이면 쏜다!"

뒤이어 다가온 경비정의 탐조등이 밀항선에서 마지막으로

내리는 한 쌍의 남녀를 집중적으로 비쳐주고 있었다.
    그들은 동표와 미라였다. 먼저 배에서 내린 동표가 미라를 물에 젖지 않게 번쩍 안고 천천히 뭍으로 걸어가고 있었다. 거센 비바람 속에 그들은 한 몸이 되어 부둥켜안고 있었다.

〈끝〉

● **김성종 추리소설**

『최후의 증인』-상·하 | 김성종 장편추리소설

한국일보 창간 20주년 기념 공모 당선작! 살인 혐의로 20년간 억울하게 옥살이를 한 황바우의 출옥과 동시에 일어나는 살인 사건! 사건을 뒤쫓는 오병호 형사의 집념으로 20년 동안 뒤엉킨 사건의 전모가 백일하에 드러난다.

『제 5 열』-1·2·3 | 김성종 장편추리소설

일간스포츠에 연재한 최고의 인기소설! 대통령선거를 기화로 국제킬러를 고용, 국가를 송두리째 삼키려는 범죄 집단의 음모를 적나라하게 파헤친 수사진! 종래의 추리물과는 그 궤를 달리한 한국 최초의 하드보일드 추리소설!

『부랑의 강』- | 김성종 추리소설

여대생과 외로운 중년신사가 벌인 불륜의 사랑이 몰고 온 엽기적인 살인 사건! 살인범으로 몰린 아버지의 무죄를 확신하고 이 사건에 뛰어든 딸이 집요한 추적을 벌이는 정통 추리극! 사건의 종점에서 부딪치게 되는 악마의 얼굴은 과연?

『일곱개의 장미송이』- | 김성종 추리소설

임신 3개월 된 아내가 일곱 명의 악당에 의해 유린당하자 평범하고 왜소하고 얌전하던 남편이 복수의 집념을 불태운다. 아내의 유언에 따라 범인을 하나씩 찾아 내어 잔인하게 죽이고 영전에 장미꽃을 한 송이씩 바치는 처절한 복수극!

『백색인간』-1·2 | 김성종 장편추리소설

허영의 노예가 되어 신데렐라의 꿈을 쫓는 미녀의 끈질긴 집념과 방탕! 그리고 그녀를 죽도록 사랑하는 나머지 그녀를 혼자 독차지하려는 이상 성격을 가진 청년의 단말마적인 광란! 그리고 명수사관이 벌이는 사각의 심리 추리극!

『제5의 사나이』-상·중·하 | 김성종 장편추리소설

국제 마약조직이 분실한 2천만 달러의 헤로인 6kg! 배신자들을 처치하고 헤로인을 찾기 위해 홍콩으로부터 날아온 국제킬러 '제5의 사나이'! 킬러가 자행하는 냉혹한 살인극과 경찰이 벌이는 숨가쁜 추적의 하드보일드 추리극!

『반역의 벽』-상·하 | 김성종 장편추리소설

한국이 개발한 신무기 '레이저-X', ―핵무기를 순식간에 녹여버릴 수 있는 레이저-X의 가공할 위력! 이를 빼내려는 국제 스파이의 음모와 배신, 이들의 음모를 저지하는 수사관들의 눈부신 활약. 국내 최초의 산업스파이 소설!

『아름다운 밀회』-1·2 | 김성종 장편추리소설

신혼여행 도중 실종된 미모의 신부로 인해 갑자기 살인 용의자가 되어버린 신랑! 그가 벌이는 도피와 추적! 미녀의 뒤에 가려 있던 치정과 재산을 둘러싼 악마들의 모습을 밝혀낸 수사극의 결정판! 김성종 추리소설의 새로운 지평!

『라인-X』-상·중·하 | 김성종 장편추리소설

교황을 살해하려는 KGB의 지령에 따라 잠입한 스파이 '라인-X'! 킬러의 총부리가 교황을 위협하는 절대 절명의 순간, 신출귀몰하는 라인-X와 이를 제압하는 한국 경찰의 생사를 건 한판 승부를 치밀하게 묘사한 국제적 추리소설!

『어느 창녀의 죽음』- | 김성종 단편집

작가 김성종의 탄탄한 필력을 유감 없이 보여 주는 주옥같은 단편집! 신춘문예 당선작 「경찰관」및 「김교수 님의 죽음」, 「소년의 꿈」, 「사형집행」 등을 수록. 순수 문학과 추리기법의 접목으로 독자를 매료하는 김성종 추리소설의 백미!

『죽음의 도시』- | 김성종 SF단편집

김성종 SF단편소설집 / 김성종이 예견한 기상천외한 미래사회의 청사진 / 「마지막 전화」, 「회전목마」, 「돌아온 사자」, 「이상한 죽음」, 「소년의 고향」 등 SF 걸작들 / 새로운 문학장르를 개척하려는 김성종의 끊임없는 실험정신 /

『여자는 죽어야 한다』-상·하 | 김성종 장편추리소설

김성종이 시도한 실험적 추리소설 / 첫 장에서 독자는 예고살인 속으로 여행을 시작한다. "오늘 밤 여자 한 명을 죽이겠다. 여자는 한쪽 귀가 없을 것이다. 잘 해 봐 /" 살인 예고장을 보는 순간 독자들은 숨가쁜 긴장 속으로 빠져든다.

『한국 국민에게 고함』-1·2·3 | 김성종 장편추리소설

추악한 한국 국민들에게 보내는 對 국민 경고장 / "한국 국민에게 고함 / —이 경고를 받아들이지 않으면 테러를 감행할 수밖에 없다" / 테러조직의 가공할 폭탄테러에 전율하는 시민들과 이를 추적하는 수사진의 필사적인 노력 /

『국제열차 살인사건』-1·2·3 | 김성종 장편추리소설

이탈리아 밀라노에서 눈 덮인 알프스산맥을 넘어 스위스 쥐리히에 이르는 낭만의 기나긴 여로—그 여로 위를 달리는 국제열차에서 벌어지는 살인 사건 / 한 사나이의 父情과 분노가 국제열차 속에서 엮어내는 눈물겨운 복수의 드라마 /

『슬픈 살인』-1·2·3·4 | 김성종 장편추리소설

부산 해운대를 무대로 펼쳐지는 김성종의 새롭고 야심찬 대하 추리소설 / 뜨거운 여름 바닷가를 중심으로 벌어지는 젊은이들의 애욕과 애증의 파노라마가 몰고 온 엽기적 연쇄 살인 사건 / 범인을 찾아 수사진이 벌이는 추리극의 백미 /

『**불타는 여인**』-상·하 | 김성종 장편추리소설

불처럼 화려한 여인의 육체에 감염된 공포의 AIDS! 무서운 AIDS를 접목시켜 공포의 연쇄 살인을 연출해낸 김성종 최신 장편 추리소설—현대 여성의 비극적 자화상을 경탄할만한 솜씨로 묘사해낸 우리 시대의 새로운 인간드라마!

『**제3의 사나이**』-1·2 | 김성종 장편추리소설

대통령 출마를 선언한 대재벌 회장! 일본에 의해 지배당할 운명에 처한 한국 경제를 구하기 위해 독재자에게 도전장을 낸 재벌 회장의 과거 약점을 쥐고 협박을 해 오는 검은 그림자! 그들을 무자비하게 칼로 살해하는 제3의 사나이는?

『**죽음을 부르는 소녀**』- | 김성종 추리소설

친구들과 지리산에 올랐다가 실종된 무당의 딸 현미, 민가를 침범하는 호랑이와 산 속에 사는 사냥꾼 부자의 숙명적인 대결! 수십 년간 벼랑의 굴 속에서 숨어 살아온 빨치산 출신의 야수! 그들이 숨바꼭질하듯 벌이는 죽음의 드라마!

『**홍콩에서 온 여인**』-상·하 | 김성종 장편추리소설

군부의 지원을 받아 쿠테타를 성공시킨 염광림의 개혁 조치에 불안을 느낀 극우 보수 세력이 끌어들인 홍콩의 범죄 조직! 염광림을 제거하려는 킬러의 뒤를 끈질기게 추적하여 마침내 그들의 계획을 저지하는 오병호 경감!

『**버림받은 여자**』-상·하 | 김성종 장편추리소설

밝은 보름달 아래 피냄새를 쫓아 여자 사냥에 나선 식인개! 전설로만 전해 오던 그 개는 실제로 존재하는가? 맹수에게 물어뜯겨 살해된 시체로 발견된 한 남자의 아내와 그의 애인! 그녀들은 왜 그렇게 잔인하게 살해되었을까?

『코리언 X-파일』-상·하 | 김성종 장편추리소설

21세기를 향해 첫발을 내딛는 김성종 추리문학의 진수! 한반도의 운명을 좌우할 X-파일을 찾아라! 한·중·일 3국의 비밀 기관원들이 X-파일을 둘러싸고 벌이는 상상을 초월하는 음모와 배신! 첫 장부터 연속되는 흥미와 감동!

『형사 오병호』- | 김성종 추리소설

고층 호텔에서 추락사한 외국인에 이어 연쇄적으로 발생하는 살인 사건! 사건의 배후에 도사린 일단의 국제 테러리스트! 그들의 음모를 분쇄하기 위해 목숨을 걸고 사지에 뛰어든 형사 오병오의 숨막히는 스릴과 불타는 투혼!

『서울의 황혼』- | 김성종 추리소설

도심의 20층 호텔에서 벌거숭이로 떨어져 죽은 여배우 오애라─ 그 뒤에 도사리고 있는 비밀 요정의 정체는! 그곳에 도사린 마약·인신매매·밀항·국제 매음조직 등 깊고 우울한 함정을 날카로운 시각으로 파헤친 김성종 추리소설!

『세 얼굴을 가진 사나이』-상·하 | 김성종 장편추리소설

지리산에 올랐다가 실종된 무당의 딸 현미와 시체로 발견된 5명의 친구들! 대규모 수색작업이 수포로 돌아가자 혼자 현미를 찾아나선 조준기 형사는? 지리산의 험산 준령 속에 파묻혀 있던 몇십 년 묵은 비밀과 현미의 행방은?

『얼어붙은 시간』- | 김성종 추리소설

임신한 어린 소녀가 사창가로 흘러들어 갔다. 그녀의 어린 남동생은 골목에서 손님을 불러들인다. 그리고 어느 날 그 사창가 쓰레기 더미 속에서 발견된 중년 남자의 시체! 강한 휴머니즘을 바탕에 둔 추리소설, 비극미의 극치!

『나는 살고싶다』- | 김성종 추리소설

이혼을 요구하던 아내의 갑작스런 죽음 때문에 살인 누명을 쓴 성불능 남편 최태오, 이어진 그의 탈옥! 죽음의 의식 속에서 더욱 강렬해지는 삶의 욕구! 피와 살이 튀기는 성의 고통과 환희 속에서 그는 집요하게 범인을 추적한다.

『미로의 저쪽』-상·하 | 김성종 장편추리소설

인생의 모든 것을 상실한 여인 吳月! 자신을 짓밟은 네 명의 악한을 상대로 '복수'에 생의 최후를 건다! 연약한 여인이 벌이는 처절하리만큼 비정하고 완벽한 복수극! 독신 형사와 여대생이 등장하여 극적인 전환을 이루는 추리소설!

『안개속에 지다』-상·하 | 김성종 장편추리소설

의문의 살해를 당한 세균학의 세계적 권위자인 유한백 박사! 이 사건 뒤에 잇달아 두 처녀가 피살된다. 미술을 전공한 미모의 외동딸 보화는 아버지가 남긴 막대한 재산으로 남자들을 고용, 범인의 추적에 나서는데……

『Z의 비밀』- | 김성종 추리소설

일본의 '적군파', 서독의 '바더마인호프단', 이탈리아의 '붉은여단', 팔레스타인의 '검은 9월단'……세계의 도시 게릴라들이 모두 한국에 잠입했다. 암호명 'Z'의 비밀을 밝혀라! 그들과 한국 수사진이 숨가쁘게 펼치는 한판 승부!

『최후의 밀서』-김성종 장편추리소설

다섯 살 된 아이의 유괴사건, 그 아이가 어느 재벌 2세의 사생아임이 밝혀지면서 시종 숨가쁜 호흡을 토해 내는 기업에 얽힌 악마 같은 드라마! 유괴범을 집요하게 추적하는 형사 앞에 마침내 얼굴을 드러낸 'X'! 그의 정체는 과연?

『비련의 화인(火印)』- | 김성종 추리소설

이루지 못한 사랑의 붉은 도장(火因)이 몸에 찍힌 채 탄생한 귀여운 외동딸 청미! 8년 후 귀여운 청미는 열차 속에서 시체로 발견되는데…… 청미의 유괴를 둘러싸고 벌어지는 갈등 속에서 범인으로 떠오른 전혀 뜻밖의 인물!

『피아노 살인』- 김성종 추리소설

밤마다 들려오는 쇼팽의 야상곡과 아래층에 사는 모대학 교수! 6개월 시한부 인생의 피아니스트가 벌거벗은 몸으로 목졸린 채 피살되는 살인 사건의 전모! 욕망이라는 정신분열적 성격을 다룬 김성종의 또 다른 실험적 포스트모더니즘!

『고독과 굴욕』- | 김성종 단편집

뛰어난 상상력, 치밀한 구성, 다양한 패턴으로 독서가를 휩쓸고 있는 김성종 소설집!「심온달궁」,「창」,「바다의 죽음」,「눈물」,「이슬」,「회색의 절벽」,「코스모스」,「바다」,「빛과 어둠」등 주옥 같은 김성종의 단편소설!

『서울의 만가(輓歌)』-1·2 | 김성종 장편추리소설

피의 오르가즘이 전율하는 김성종 추리소설의 백미! 사랑과 증오, 결박과 도피로서 새끼처럼 꼬여가는 삶의 의미를, 그리고 감추어진 진실을 밝혀내기 위해 사람을 죽여야 하는 도시의 밤을 사자의 비명에 의지하여 경험케 한다.

『붉은 대지』-1·2·3·4·5 | 김성종 장편추리소설

독재자를 죽이려다 사형대의 이슬로 사라진 대학생 유병수, 아들의 복수를 위해 포스트박 암살을 계획하는 유인하 교수, 그를 돕는 하미주와 국가비밀조직 '센터'의 책임자 '대물', 이들이 펼치는 사랑과 배신, 복수의 대로망!

김성종

1941년 중국 제남시 출생. 전남 구례에서 성장기를 보냈다.
구례 농고와 연세대학교 정외과 졸업한 후 언론매체에 종사하다가
전업 작가로 전업.
1969년 조선일보 신춘문예 단편소설 당선
1971년 현대문학 소설추천 완료
1974년 한국일보 장편소설 공모에 「최후의 증인」 당선
장편 대하소설 「여명의 눈동자」(전10권)는 TV드라마로 방영
장편 추리소설 「제5열」, 「부랑의 강」 등 50여 편의 작품을 발표하였다.

서울의 황혼
김성종 장편추리소설

초판발행	2009년 8월 10일
초판2쇄	2017년 11월 10일
저자	김 성 종
발행인	김 범 수
발행처	도서출판 바른책
등록일자	2007년 12월 31일(제324-25100-2007-21호)
주소	서울 강동구 천호동 451 산경빌딩 B동 502호
전화	02-488-2923.
팩스	02-473-0481
E.mail	rakihel@hanmail.net

ⓒ 2009 Kim Sung Jong. Printed in Korea
저자와의 합의로 인지를 붙이지 않습니다.

정가: 11,000원

ISBN 978-89-960955-1-4   03810

총판	남도출판사
	전화: 031-746-7761
	팩스: 031-746-7762

*이 책은 1981년 추리문학사에서 최초 발간되었습니다.